인생의 해상도

인생의 해상도

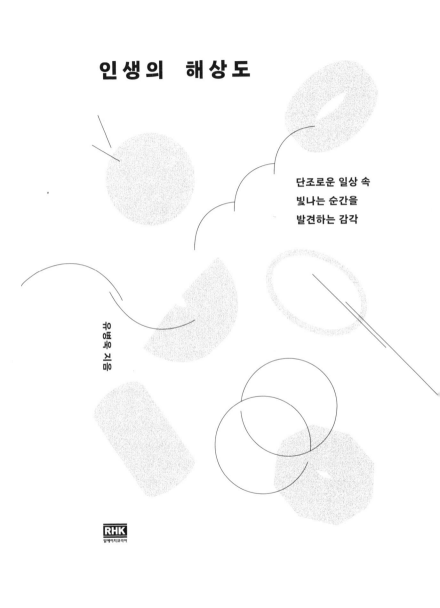

단조로운 일상 속
빛나는 순간을
발견하는 감각

유영욱 지음

RHK
알에이치코리아

사랑하는

나의 부모님께

인생의 스승들께

세원에게

재이에게

그런 사람이 있습니다.
분명 같은 시간, 같은 공간에 있었는데
어떻게 저런 매력을 찾아내나 싶은 사람.

같은 책. 같은 음악.

점심시간에 같이 걷다가 본 같은 가로수.

같은 계절에 함께 바라본 같은 차창.

그런데 똑같은 그것이 그 사람의 눈을 통과하면

다른 단어들로 바뀌어 몸 밖으로 나오는 것만 같아요.

저곳에 저런 매력이 있었구나.

저 문장에 저런 아름다움이 숨어 있구나.

저 광경을 저런 단어에 담아낼 수 있구나.

왜 내겐 보이지 않았을까.

왜 세상은 그 앞에서 더 선명해지고

더 풍부해지는 것만 같을까.

부러움의 감정을 추스르고

저는 그 삶을 규정하고, 제 곁으로 데려오고 싶었어요.

그 삶을 무어라 이름 붙일 수 있을까.

그의 눈에 맺힌 세상의 모습은 말하자면

'해상도 높은 삶'이 아닐까.

그리고 놀랍게도

그런 해상도 높은 삶의 순간들이 이따금씩

제게도 찾아오기 시작했어요.

옆집 사람과 몸이 바뀌었다거나
초능력을 가진 거미에 물렸다거나 하는
OTT 드라마에서 벌어질 법한 일은 없었고요.

비결은 모방과 노력이었습니다.
부러운 시선을 가진 이들을 틈나는 대로 따라 했더니
메모하고, 다시 열어보고, 시간을 들였더니
정말로 제게도 찾아왔습니다.

'너도 한번 느껴볼래?'
세상이 나에게 특별한 호의를 베푸는 것만 같은
순간들 말이죠.

이 글은

눈앞의 세상을 더 선명하게

높은 해상도로 즐겨보려고 노력하는

동시대의 동료가 전하는

'해상도 높은' 삶을 사는

시선과 태도와 습관과 훈련에 대한 이야기입니다.

부디 이 글이
당신이 마주할 세상의 선명함에
1픽셀이라도 도움이 되기를.

더 깊고 풍부하고 향이 넘치는
아름답고 눈물겹고 사랑스러운 세계는
다른 어딘가에 있지 않아요.
이미 이곳에 있습니다.

유병욱

차례

1부

발견

1

센서:

발견하는
감각

저 능력은 무엇일까.

어떻게 저 사람은 같은 시간, 같은 공간에 있어도 훨씬 더 풍부하게 느끼고, 그것을 이불을 개어놓듯 차곡차곡 몸속에 쌓아두었다가, 알맞은 시간에 꺼내 곁에 있는 이들을 즐겁게 하는가.

이 책은 이런 질문에서 시작되었습니다. 정확히 말하면 질문보다는 질투에 가깝겠네요. 말씀드린 저 '능력'을 가진 사람들, 흔치 않지만 분명히 있습니다. 신기하게도 그 앞에선 세상이 '쨍'하고 채도를 올리고, 향기를 내뿜는 것만 같은 사람. 같은 음식을 먹어도 기가 막히게 그 매력을 짚어내고, 유독 깊이 있는 취미와 아름다운 물건들에 둘러싸여 사는 것만 같은 사람. 기억을 더듬어보세요. 분명 만나보신 적 있을 겁니다. 우리는 인생의 여정 곳곳에서 저 부러운 능력을 가진 사람들을 만나기 마련이죠. 그리고 제 경험에 비추어보면 그 능력은 나이나 성별, 직업과는 아무런 관계가 없습니다.

저는 저 신비로운 능력을 규정하고, 제 것으로 만들고 싶었어요. 그러다 문득, 이런 단어가 떠올랐습니다.

해상도 Resolution

종이나 스크린 등에 적힌 글씨나 그림의
선명한 정도를 나타내는 말

해상도란 말, 요즘은 디지털 스크린의 선명한 정도를 이야기할 때 자주 씁니다. 해상도 높은 TV를 가지고 있다면? 스크린을 통해 보이는 영상은 더 선명하고, 색감은 풍부하겠죠. 해상도 높은 카메라를 들고 있다면? 같은 날 같은 사람이 찍어도 더 정밀한 광경을 프레임 안에 담을 겁니다. 그럼 해상도라는 말에 인생이란 단어를 붙여보면 어떨까요?

해상도 높은 인생

남들과 같은 세상을 살지만

더 선명하게 경험하고, 풍부하게 음미하는 삶

무엇이 해상도 높은 인생을 만들까

법정스님은 일전에 이렇게 말씀하신 적이 있습니다.

"인간의 목표는 풍요롭게 소유하는 것이 아니라 풍성하게 존재하는 것이다."

스님이 말씀하신 풍성하게 존재하는 것이, 말하자면 해상도 높은 인생의 다른 표현이라는 생각이 들었습니다. 내가 자리한 곳에서 더 많은 아름다움을 발견하고, 만끽하며, 종국에는 그것을 더 많은 사람에게 아낌없이 나눠주는 것이 풍성하게 존재하는 삶이겠죠. 남은 지면을 통해 저는, '무엇이 해상도 높은 인생을 만드는가'에 대한 답을 탐구하는 과정에서 찾은 여섯 가지 화두이자 도구에 대해 이야기해 보려 합니다. 그 첫 번째 화두는 '센서'입니다.

센서

앞서 해상도 높은 인생을, '남들과 같은 세상을 살지만 더 선명하게 경험하고, 더 풍부하게 음미하는 삶'이라고 말씀드렸습니다. 그러기 위해서는 무엇보다, 좋은 것을 내 앞에 최대한 많이 데려다 놔야 할 겁니다. 그것을 어떻게 소화하고, 내 것으로 만드느냐는 그다음의 일이고요.

그래서 중요한 것이 바로 센서입니다. 평범한 매일 속에서 좋은 것을 찾는 능력입니다. 우리는 본능적으로, 들어오는 정보 중에서 의미 있는 것들을 골라내는 능력이 있는데요. 그 능력의 다른 이름이 바로 '센서'일 겁니다. 센서라는 말이 낯설게 느껴지시나요? 그럼 이런 표현은 들어보셨을 거예요.

"저 사람은 촉이 좋다."

뭔가를 예측하는 능력이 좋은 사람, 비슷비슷한 것들 사이에서 기가 막히게 좋은 걸 찾아내는 사람, 그런 사람을 우리는 촉이 좋은 사람이라 부릅니다. 촉이 좋은 사람은 곧 좋은 안테나를 가지고 있는 사람입니다. 가끔 고요한 방 안에서 라디오를 켜면, 이 방 안에 이미 존재하고 있던 전기신호가 안테나라는 사물 하나로 인해 음악과 사연으로 바뀌어 들린다는 사실이 놀랍기만 한데요. 이 안테나의 성능이 좋으면 어떻게 될까요? 무수히 많은 신호 사이에서 원하는 주파수를 더 잘 캐치하고, 그것을 더 선명한 소리로 바꿀 수 있습니다. 그렇다면 좋은 안테나는, 성능 좋은 센서는, 특별한 이들만 가지고 있는 특별한 능력일까요?

센서는
타고나는 걸까

절반은 맞고 절반은 틀립니다. 저는 광고회사에서 오랫동안 일하면서 글과 그림, 음악을 다루는 수많은 크리에이터와 함께 일해왔는데요. 솔직히 말씀드리면, 좋은 센서를 가지고 태어나는 사람은 있습니다. 여러분도 살다 보면 애초에 그런 감각 — 흔히 센스라고 부르는 — 이 발달된 사람들을 종종 만나시잖아요?

하지만 경험에 비추어보면, 그 감각 또한 후천적인 노력으로 충분히 개발될 수 있습니다. 개인적으로 좋은 센서를 만드는 데 필요한 재능과 노력의 비율은 3대 7 정도라고 생각해요. 재능이 아니고, 노력이 7입니다. 의식적인 노력과 단련은 그렇게 중요합니다. 그리고 생각해 보면, 우리 대부분은 괜찮은 센서를 가지고 있어요. 잘 작동시키지 않을 뿐이죠. 그 얘기를 좀 더 해볼까요?

우리 모두에겐 잠들어 있는 센서가 있습니다. 그리고 특별한 순간에 그 센서를 작동시키죠. 그 순간은 언제일까요? 네, 여행할 때입니다. 여행지에 도착하면 우리는 '여행 필터'라도 낀 것처럼 세상을 바라봅니다. 나이 든 이도 다시 아이처럼 궁금해합니다. 경험 많은 이도 '이미 아는 세상'이라는 오만함을 살짝 내려놓습니다. 버스 차창에 맺힌 풍경을 흘려보내지 않습니다. 나중에 다시 꺼내 보겠다는 기약 없이도 선뜻 카메라를 듭니다. 낯선 냄새에 어린 시절처럼 코를 킁킁댑니다. 평소엔 지나치고도 남았을 어설픈 간판의 식당에도 성큼 들어가 봅니다. 훨씬 더 용감하게 그물을 던지고, 훨씬 예민한 안테나가 되는 거죠. 게임으로 치면 '용기+2' 아이템을 먹은 것과 같다고 할까요?

인풋을 다루는 방식이 달라지니, 아웃풋이 같을 수 없습니다. 우리는 평소에 쓰지 않던 센서를 작동시킨 보답으로, 선물처럼 특별한 경험을 합니다. 그럴 때면, 마치 인생이 내어주는 과즙을 살짝 맛보는 것만 같아요. 돌아보면 여행에서 우리가 맛보는 세상은 더 짜릿하고, 풍성하고, 입체적이며, 그래서 더 기억에 오래 남습니다. 책의 도입에서 제가 말씀드린 해상도 높은 인생에 대한 정의와 놀라울 정도로 비슷하지 않나요? 그러니 해상도가 높은 인생을 사는 이들은 말하자면, 다른 사람들보다 더 자주 여행 모드로 일상을 사는 사람이라고 할 수 있겠군요.

■ ■ ■ ■

센서는 후천적으로 더 좋아질 수 있다고 말씀드렸습니다. 그럼 후천적으로 어떤 노력을 기울일 때 좋은 센서를 갖게 될까요? 제가 찾은 답은 '모방'입니다. 되고 싶은 존재가 되는 가장 좋은 방법은? 따라 하는 것입니다. 저는 카피라 이터 일을 오래 해서인지 관찰이 습관인데요. 살면서 만난 사람 중에 좋은 센서를 가진 사람들에게는 공통적으로 발견되는 어떤 특징들이 있었습니다. 그들은 별것 아닌 일에 도 자주 매혹되고, 예상보다 훨씬 더 오픈 마인드였어요. 자, 이 두 가지 특징을 살펴보고, 한번 따라 해볼까요?

예리한 센서를 가지려면 : 자주 매혹되기

이런 말을 들어보셨나요?

"그 안에 우주가 있어."

이 말은 제 인생의 스승이신 박웅현 작가님이 제 팀장님이던 시절 입버릇처럼 하시던 말씀입니다. '그 안에 우주가 있어'는 주로 회의실에서 쓰였는데요. 예를 들면 이런 식입니다.

웅현 이번 광고는 꾸밈없이, 테스티모니얼[1]로 한번 가보자.
병욱 음, 그런데 팀장님, 그런 스타일의 광고는 지금까지 수도 없이 나왔잖아요? 변별력이 있을까요?
웅현 남들이 가본 길이라고 그 길을 다시 가면 안 되는 걸까? 오히려 남들이 그 길을 충분히 더 깊게 들어가 보지 않은 걸 수도 있어. 내 말 믿어봐. 그 안에도 우주가 있어.

그리고 우리는 일단 달리기로 마음먹은 방향을 깊게, 끝까지, 우리가 만족할 때까지 달려보았습니다. 그랬더니 그 말은 사실이었어요. 같은 테스티모니얼이라도 자막의

---

1   제품을 실제로 사용한 이들의 목소리를 빌려 설득하는 증언 형식의 광고를 말합니다.

톤을 바꾸고 컷들을 잘게 썰어서 편집했더니 느낌이 확실히 달랐습니다. 생각해 보면 저는 늘 새로운 방향에서만 정답을 찾으려 했습니다. 하지만 방향만이 아니라 남들이 충분히 들어가 보지 못한 '깊이' 또한 매력적인 답이었습니다. 정말로 '그 안에 우주가 있'던 거죠.

이 말을 저는 살면서 곱씹는 중입니다. 우리가 안다고 생각하는 세계 안에도, 들여다보면 우리가 미처 구분해 내지 못한 수많은 디테일이 있습니다. 우리는 딱 우리가 아는 만큼, 또는 우리 스스로의 깊이만큼만 그 디테일을 취하고는 그것을 다 안다고, 다 경험했다고 믿곤 합니다. 그럴 때마다 한 번씩 저 문장을 떠올립니다. '그 안에 우주가 있어.' 예를 들어볼까요?

소고기의 맛에 푹 빠져보면 소고기의 세계에도 우주가 있음을 알게 됩니다. 꽃등심이라고 다 같은 꽃등심이 아니고, 1++ 등급이라고 다 똑같은 등급이 아니죠. 어떻게 숙성하고 어떻게 고기를 다뤄 어떤 숯불에 굽고 어떤 소금을 곁들이느냐에 따라 고기의 맛은 완전히 달라집니다. 한우와 호주산, 미국산의 차이는 말해 무엇할까요. 사회

초년생 시절만 해도 소고기의 '소' 자만 들어도 행복했는데요. 요즘 저는 고기 먹는 횟수를 줄이더라도 기왕이면 한우, 그중에서도 식감이 다른 부위를 골라 먹어보는 시도를 하고 있습니다. 유튜브에서 '실패하지 않고 좋은 고기 고르는 법' 같은 콘텐츠들을 찾아보고, 업진살, 보섭살, 새우살 같은 특이한 이름들을 검색해 봅니다. 국내 여행을 가면, 그 지역의 소고기를 꼭 한번 먹어보고 와요. 소고기 안에도 우주가 있다는 걸 알게 된 거죠.

그 안에 우주가 있음을 느끼기 위해, 꼭 돈이 많이 드는 경험을 하라는 이야기는 아닙니다. 우주는 어디에나 있는걸요. 냉동 삼겹살에도 우주가 있습니다. 기가 막히게 잘 얼려져 적당한 두께로 썰려 나오는 냉동 삼겹살 — 냉삼이라는 애칭으로도 불리죠 — 은 어설프게 오래 구워 뻑뻑한 한우의 맛을 가볍게 뛰어넘습니다. 냉삼 안에도 우주가 있는 거죠. 게다가 냉삼 곁에는 참기름장과 파절이라는 환상적인 조력자들이 있죠. 내가 사랑하는 우주가 냉삼이라면, 냉삼 앞에서 활성화되는 센서가 냉삼 안에서 다양한 형태의 천국을 발견하게 해줍니다. 여기서 냉삼이라는 단어를 당신이 좋아하는 영역의 단어로 바꿔볼까요?

커피? 와인? 대상이 달라져도 이야기가 펼쳐지는 양상은 크게 달라지지 않을걸요?

어느 영역에 푹 빠져보면 우리는 자연스럽게 느끼게 됩니다. 이 안에 엄청난 놀라움이 겹겹이 숨겨져 있구나. 이 안을 다 탐험하고 통달하는 것이 불가능할 수도 있겠구나. 그 감정을 느낀 뒤로는 곧 겸손해집니다. '내가 알고 싶다고 해도 다 아는 건 불가능할 수도 있다'라는 감정이 들거든요. 그리고 시간이 흐르면, 적어도 그 영역 안에서는 아주 작은 차이도 감별할 수 있게 됩니다. 애정의 결과로 나도 모르게 어떤 영역에 시간을 투입하게 되면, 유홍준 교수님이 『나의 문화유산답사기 1』에 쓰신 절창 — 사랑하면 알게 되고 알게 되면 보이나니 그때 보이는 것은 전과 같지 않음이라 — 처럼 전에는 보이지 않던 것들이 보이기 시작하거든요. 안테나가 특정 범위 안에서는 아주 예리해진달까요? 범위는 좁지만 훨씬 더 민감한 센서를 장착하게 되는 겁니다.

그리고 이런 디테일의 차이를 느끼며 사는 것이 생각보다 즐겁다는 걸 알게 되죠. 그래서 자연스럽게 다른 영역도 두드려보게 됩니다. 이 패턴이 반복되면 어떤 일이 일어날까요? 센서의 범위가 넓어집니다. 전에는 아무 관심 없던 영역에서도 조금씩 디테일을 발견할 수 있게 돼요. 깊이에 넓이가 더해지는 겁니다.

게다가 이 과정에서 우리는 기대치 않았던 선물을 받게 됩니다. 저는 가끔 이런 생각을 해요. '매혹되어 본 사람만이 매혹할 수 있다'라고요. 아름다워 눈물 나는 경험을 많이 해본 사람은 바로 그 힘으로 남들을 매혹할 수 있게 됩니다. 남을 매혹하려면 사람이 무엇에 매혹되는지를 반드시 알아야 하니까요. '그냥 한번 만들어봤는데 사람들이 정신없이 좋아하네' 같은 일은 현실에서는 일어나지 않습니다. 돈가스를 예로 들어볼까요?

맛있는 돈가스는 인터넷에서 레시피를 찾아보면 누구나 비슷하게 만들어낼 수 있습니다. 하지만 한숨이 절로 날 만큼 맛있는 돈가스는 그렇게 쉽게 만들 수 없어요. 매혹적인 돈가스는 최상의 돈가스를 위해 추구한 세월과 이상적인 두께의 고기와 수많은 시행착오를 거쳐 세팅된 튀김유의 온도와 밸런스가 잘 맞는 소스와 느끼함을 잡아주기 위한 신선한 양배추 슬라이스, 그리고 마지막 한

입까지 바삭하게 먹을 수 있게 해줄 격자 모양의 철판이 필요합니다. 매혹은 결코 우연으로 얻어낼 수 없어요. 세상엔 사랑하지 않으면 결코 만들 수 없는 것들이 있습니다. 제가 '장담한다'라는 말을 싫어하지만 이 말은 장담할 수 있어요. 매혹적인 돈가스를 먹어봤다면, 그 돈가스를 만든 사람은 돈가스에 매혹되어 한 세월을 보낸 사람입니다.

만약 당신이 전혀 다른 레벨의 커피를 마셔보았다면? 그 커피를 만든 사람은 분명 커피에 미친 사람입니다. 예외는 없어요. 미친 듯이 좋은 카피를 쓰는 카피라이터를 만날 일이 있다면, 그 사람 앞에서 좋은 카피 이야기를 슬쩍 꺼내보세요. 눈빛이 달라질 겁니다. 매혹당한 이는 그 매혹을 계속 좇게 되고, 그러다 무엇이 사람을 매혹하는지를 알게 되고, 그 결과로 자신도 — 그 정도는 다를지언정 — 남들을 매혹할 수 있게 됩니다. 매혹의 선물이죠.

어느 날 문득, 매혹이 지나간 자리에 생긴 깊이들이 한 사람을 입체적으로 만든다는 생각이 들었습니다. 그래서 스마트폰 메모장에 아래와 같은 문장을 적었어요.

사람의 입체성은

그 사람이 매혹당한 세계의 수

또는 그 세계를 파고든 깊이에서 온다.

평범한 사람들에 비해, 자신만의 전문 영역을 아주 깊게, 또는 여럿 가지고 있는 사람은 사람들 사이에서 더 도드라집니다. 이것은 2D의 세상에서 3D의 오브제가 돋보이는 것과 같은 원리입니다. 그러니 당신이 이유 없이 어떤 영역에 속절없이 빠져드는 중이라면, '나는 왜 이리 자기 제어가 안 되나, 이 아까운 시간과 돈을 나중에 어디에서 보상받나'라며 자책하지 마세요. 그것은 당신만의 깊이를 만드는 과정입니다. 당신이 남들과 구별되기 위한 필연이며, 평평한 당신을 입체적으로 만드는 조각칼입니다. 많은 사람들 사이에서 입체적으로 도드라지는 당신, 그리고 매혹적인 무언가를 만들 능력이 있는 당신. 생각만으로도 멋지지 않나요?

자주, 그리고 깊게 매혹되는 걸 두려워하지 마세요. 제가 아는 좋은 센서를 가진 사람들은 열이면 열, 감탄사를 입에 달고 사는 사람들이었어요. 그러니 가능하면 최대한 자주, 좋은 것 앞으로 나를 데려가 보세요. 여기서 한 가지 팁을 드린다면, 스마트폰만 열면 펼쳐지는 평평하고 얇은 간접 경험들로는 충분치 않습니다. 매혹적인 것의 매력을 제대로 느끼려면 아날로그적인 밀도의 경험이 훨씬 유리해요. 빠르게 툭툭 넘어갈 수 있고 또 내가 원하면 맥락과 상관없이 스킵할 수 있는 디지털적인 경험들과는 달리, 아날로그적인 경험들은 충분한 시간을 들여 온 감각을 통해 만나기 때문에 훨씬 오래, 그리고 깊게 기억됩니다.

예리한 센서를 가지려면 : 미리 거르지 않기

저는 전작 『평소의 발견』에서, "인생의 보석들은 평소의 시간들 틈에 숨어 있습니다"라고 이야기한 적이 있습니다. 평소의 평범함 사이에서 인생의 보석들을 발견하는 센서가 있다면 그것의 가장 중요한 기능은 무엇일까요? 의외로 답은, '무엇을 하는' 것보다 '하지 않는' 것에 있습니다. 미리 거르지 않는 것, 불필요한 필터를 끼우지 않는 것이 좋은 센서의 가장 중요한 조건이에요. 어디에 어떤 아름다움이 숨어 있을지 모르는데, 살펴보기도 전에 자꾸 걸러버 린다면 그것이 어떻게 좋은 센서가 될 수 있을까요?

그러나 우리는 우리도 모르는 사이에 장착된 몇 겹 의 필터를 눈앞에 낀 채로 살아갑니다. 필터는 대체로 사 회화 과정을 거치면서, 그리고 나이를 먹으면서 더 다양 해지고 두꺼워집니다. 나이를 먹으면서 편협해지는 사람 들을 우리는 자주 목격하곤 해요. 그게 생존의 효율성이 라는 측면에서 유리하기 때문이죠. 실망과 실패의 확률이 높은 것은 더 시도하지 않고, 성공을 경험했던 행위를 반 복하는 것. 유전자의 생존에는 분명 더 유리한 삶의 방식 입니다. 그런 이유로 많은 사람은 이미 경험해 본 것을 자 기가 이름 붙인 어떤 상자 안에 넣고, 다시 꺼내 보지 않아 요. 대체로 이런 멘트와 함께.

"내가 해봐서 아는데."

하지만 문제는, 충분히 아름답고 좋은 것들도 단지 그 필터에 걸렸다는 이유로 건너뜀을 당할 수 있다는 것입니 다. 제게는 잊혀지지 않는 장면이 하나 있는데요. 필터가 미리 걸렀다면 결코 제게 닿지 않았을 장면 하나를 소개해 드릴게요.

2022년 여름, 십수 년 만에 다시 런던에 들렀습니다. 런던은 모든 것이 불안정했던 20대의 제가, 결혼하고 2년 동안 유학 생활을 했던 곳입니다. 인생의 대부분을 한국에서 살았지만, 한국을 빼면 가장 오래 살았던 곳이 런던이니 내게 두 번째 고향이 있다면 이곳이 아닐까 생각하며 꾸준한 애정을 주는 중인데요. 오래전 제가 느꼈던 런던의 매력들은 여전한지, 달라졌다면 얼마나 달라졌을지 런던으로 향하는 내내 궁금했어요.

런던은 여전히 런던이었습니다. 게다가 제가 예전에 쿨하게 느꼈던 부분들은 더 쿨하게 남아 있었습니다. 런던 사람들은 남들이 어떻게 하고 다니는지에 아무런 관심이 없습니다. 서유럽의 대도시들이 대체로 그런 편이지만, 런던은 특히 그렇습니다. 그런데 2022년의 런던은 '누구는 이래야 한다'라는 문장에서 더 자유로워진 도시 같았어요. 거리엔 치마를 입은 남자 ― 스코틀랜드 전통 복장의 주름진 치마가 아닌 그냥 여자들과 똑같은 치마 ― 들이 흔히 보이고, 여자들은 대부분 노브라 차림이었어요. 고스족[2]과 댄디한 수트의 남자가 한 공간에서 아시안 푸드를 먹고요. 서울도 예전에 비하면 훨씬 열린 도시지만, 오랜만에 찾은 런던은 '어나더 레벨'처럼 보였어요.

여행의 막바지, 초등학생 아들과 함께 길을 걷다가 물을 사러 부츠BOOTS라는 가게에 들어갔습니다. 부츠는 우리나라로 치면 '올리브영' 같은 공간이에요. 음료와 간단한 스낵도 팔지만 주력 품목은 화장품이고, 그래서 매장엔 여성 고객들이 상당히 많습니다. 500밀리리터 생수를 사서 매장을 빠져나오는데, 마스카라를 파는 매대에 땅딸막한 키에 덩치가 좀 있는 남자가 스트라이프 수트를 입은 채로 누군가와 열정적으로 이야기를 나누고 있네요.

얼핏 보니 인도 사람으로 보이는 남자는 까무잡잡한 얼굴에 수염을 길렀고, 얼굴엔 립스틱까지 바른 풀메이크

2   중세 고딕Gothic 문화에서 영감을 받아 영국에서 태어난 패션 스타일. 죽음, 공포, 어둠을 표현하기 위해 주로 검정색 옷과 은색 액세서리를 활용하여, 어둡고 음산한 느낌을 줍니다.

업 상태였습니다.[3]

저도 나름대로 오픈 마인드형 인간이라 생각하지만 한국에서 수십 년간 형성된 필터를 끼고 있는지라, 수염을 기른 풀메이크업의 남자를 보고는 살짝 놀라지 않을 수 없었어요. 관심을 가지고 조금 더 지켜보니 그는 부츠 매장의 직원처럼 보였고, 그에게 도움을 구하는 그보다 훨씬 키 큰 여자에게 최선을 다해서 마스카라의 장점을 설명하는 중이었습니다. 땅딸막한 키에 수염에 풀메이크업. 그러나 영어가 완벽히 들리지 않는 제게도, 그의 설명은 너무나 열정적이고 전문적으로 들렸어요. 그는 마스카라를 한 자신의 속눈썹을 가리키며 그 마스카라의 장점을 설명하고 있었습니다. 더 놀라운 것은 자신에게 화장품을 설명하는 남자를 바라보는 여성 고객의 표정이었는데요. 그녀는 최선을 다해 설명하는 점원과 눈을 맞추고는 미소를 주고받으며 매우 진지하게 설명을 듣고 있었어요.

3 인도가 한때 영국의 식민지였던 영향 때문인지, 런던엔 인도와 파키스탄 쪽에서 유학 온 친구들이 상당히 많습니다.

저는 편견에 사로잡히지 않고 주고받는 두 사람의 최선이 너무나 아름답게 느껴졌습니다. 저렇게 겉모습 너머의 진심을 취하고, 또 그렇게 제 진심을 전하며 일하고 싶다고 생각했어요. 그가 결국 물건을 팔았는지, 두 사람의 대화가 얼마나 더 이어졌는지는 모르겠네요. 그날이 마침 한국으로 돌아가는 비행기를 타는 날이라 마음이 좀 급했거든요. 그러나 그날의 장면을 저는 두고두고 곱씹게 되었습니다. 편견 없는 두 사람의 대화도 멋있었지만, 그를 마스카라 매장의 매니저로 채용한 부츠도 멋지다고 생각해요. 우리라면 그럴 수 있었을까요?

'게이 지수$^{gay\ index}$'라는 말을 들어보셨나요? 어떤 지역이 게이에게 얼마나 친화적인지를 수치화한 것입니다. 신기하게도, 게이 지수가 높은 도시가 창의적인 산업 또는 하이 테크놀로지 산업이 발달할 확률이 훨씬 높다는 기사를 읽은 적이 있습니다. 그 인과관계도 설득력이 있었어요. 게이 집단이 어려움 없이 정착할 수 있는 도시라면, 사회 구성원들의 편견이 적고 포용적이라는 이야기겠죠. 그렇다면 성별과 인종에 관계 없이 다양한 재능을 가진 이들이 자연스럽게 모여들 테고요. 기성과는 다른 그 힘들이 유연하게 섞여 도시를 훨씬 창조적으로 만든다는 이론이었습니다. 이견 없이, 창조는 서로 다른 것의 결합에서 오니까요. 성소수자들이 많이 사는 것으로 유명한 샌프란시스코에 실리콘밸리가 있고, 런던에서 계속 세계적인 크리에이터들이 등장하는 이유도 여기에 있겠군요. 도시 전체를 흐르는 관심 없음, 편견 없음의 힘이랄까요?

만일 제가 아이 옆에 나타난 풀메이크업의 남자를 보고 얼른 자리를 피했다면, 저 장면에서 느낀 아름다움을 결코 만나지 못했겠죠. 후배들에게 편견을 거뒀을 때 만날 수 있는 아름다움을 설명해 줄 멋진 샘플도 얻지 못했을 테고요.

■　■　▪　▫

어느새 광고 일을 시작한 지 20년이 훌쩍 넘었습니다. 광고 일은 계속해서 새로운 생각을 해야 한다는 스트레스가 만만치 않고, 항상 클라이언트가 존재하는 을의 입장이다보니 원치 않는 감정 소모를 해야 할 때도 있습니다. 그럼에도 불구하고 왜 이 일을 계속 하느냐고 물어보시는 분들에게 저는 가끔 '함께 일하는 사람들이 매력적이어서'라고 대답하곤 하는데요.

광고 일을 하는 사람들에게서 자주 발견되는 미덕은 '개의치 않는다'입니다. 이 태도야말로 창의적인 생각의 원천이라고 생각해요. 동료가 새로운 타투를 하고 나타나면, '멋지네'라는 피드백 외에는 딱히 다른 말을 덧붙이지 않습니다. 아주 친한 사이가 아니라면 타투의 뜻이 무엇인지 묻는 일도 없어요. 업무 시간에 책을 보고, 영화를 보는 것도 다 새로운 생각을 떠올리기 위한 일이겠거니 생각합니다. 어떤 친구가 굉장히 과감한 패션을 시도하고 출근을 해도, 누구도 개의치 않습니다.

저는 다가올 시대에 꼭 필요한 진통제이자 해독제는 바로 존중이라고 생각해요. 나의 잣대로 남을 쉽게 판단하지 않는 것. 너무나 많은 집단이 너무나 다양한 이해관계로 싸우고 있는 이 시대에, 그렇다고 정치권의 현명한 중재도 기대할 수 없는 우리에게 필요한 삶의 방식은 결국 서로가 서로를 존중하며 애초에 분노의 씨앗을 심는 상황을 최소화하는 일입니다. 그리고 존중이야말로 좋은 센서의 기본 조건이라고 생각하는데요.

우리가 존중의 시선으로 세계를 바라볼 때, 그 안에 담겨 있을지 모르는 아름다움과 미덕들을 발견할 가능성도 훨씬 높아지기 때문입니다. 상대가 나를 존중의 눈으로 바라보면, 나 또한 내가 가진 최선을 보여주고 싶은 게 사람의 마음이니까요. 게다가, 상대를 리스펙트하는 사람은 나와 관점이 일부 다르다고 상대의 전부를 무시하지 않죠. 좋은 센서는 결코 미리 거르지 않습니다. 아름다움이 어디에 숨어 있을지 어떻게 알겠어요. 내 취향이 아니라고 어느 영역을 통째로 스킵한다면 인생의 해상도가 올라갈 가능성은 더 줄어들 겁니다. 부분이 싫다고 전체를 다 버리진 마세요. 목욕물이 더럽다고, 욕조 안에 들어 있는 아기까지 버리면 안 되니까요.

센서를 예리하게 만드는
팁

센서는 재능이 3, 노력이 7이라고 말씀드렸죠. 의식적으로 노력해 보면, 분명 센서는 더 예리해집니다. 좋은 센서를 갖기 위해 평소에 틈틈이 해보면 좋을 연습을 소개합니다.

Before and After 떠올리기

지금 눈앞에 어떤 장면이 보이시나요? 그럼 그 장면의 전과 후를 상상해 볼까요?

퇴근길입니다. 붐비는 지하철 객차 안에, 케이크를 든 한 남자가 보입니다. 자, 지금부터 이 장면의 비포와 애프터를 한번 상상해 보시죠.

저분은 집 앞에서 사도 되는 케이크를 두고 굳이 미리 사서 지하철을 탔네요. 케이크 상자를 흘끗 보니 흔히 볼 수 있는 P사나 T사의 것이 아닙니다. 굳이 다른 가게에서

케이크를 사 들고 가는 수고를 택했군요. 케이크를 들고 퇴근 시간대 대중교통을 이용해 보셨나요? 이건 보통의 의지가 필요한 일이 아닙니다. 케이크의 관점에서 보면 퇴근길 대중교통은 반지원정대가 사루만의 눈을 피해 화산으로 가는 여정만큼이나 위험천만인걸요. 도로의 과속 방지턱. 졸다 깨어나 급하게 나를 밀치며 내리는 승객. 공포의 환승역 통로. 한 번의 방심만으로도 우리는 그날 저녁 한쪽으로 쏠린 케이크에 촛불을 꽂게 됩니다. 그러니 저분은 마음의 준비를 단단히 하고, 온몸을 동그랗게 말아 케이크를 방어하며 가는 중인 겁니다. 사랑하는 사람을 만나러 가는 남자의 꽃다발에는 부끄러움을 견디는 마음까지 함께 담겨 있어 더 사랑스럽다는 말을 들어본 적 있습니다. 케이크를 들고 가는 저분에게도 느껴지네요. '힘들어도 괜찮아. 더 근사한 축하를 해줄 수 있다면'이라는 마음이요.

퇴근길의 끝에서 저분을 기다리는 사람은 누구일까요? 저 케이크가 임무를 완수하는 순간의 장면을 상상해볼까요? 표정이 잘 읽히지 않는 저분도 사랑하는 사람들 앞에서는 활짝 웃겠죠? 저 케이크는 누구를 축하하러 가는 길일까요? 애인? 배우자? 아이? 단서를 찾기 위해 우리는 평소에는 비활성화 시켜둔 센서를 자꾸 작동해 보게 됩니다. 좋은 연습이 되죠. 장면의 이전과 이후를 상상해 보면, 보이지 않던 디테일이 보이기 시작합니다. 그리고 평범해 보이던 순간들이 훨씬 사랑스럽게 느껴집니다.

감각을 하나 닫아보기

정신없이 바쁜 평일 오후의 일과 시간이었어요. 모니터를 오래 봐서인지 그날따라 유독 눈이 뻑뻑하게 느껴졌습니다. 별생각 없이 고개를 뒤로 젖히고 눈을 감았는데요. 평소 같으면 금방 고개를 바로 세우고 일을 시작했겠지만 그날은 좀 더 눈을 감은 채 가만히 있었습니다. 그리고 놀라운 일이 벌어졌어요.

평소 작동되는 제 오감에서 한 감각 — 시각 — 이 닫혔을 뿐인데, 나머지 감각으로 훨씬 많은 양의 정보가 들어오기 시작했습니다. 사무실에서 그렇게 많은 마우스 클릭 소리가 나는 줄 몰랐습니다. 옆 팀은 늘 조용한 줄 알았는데 조용조용 굉장히 많은 대화를 나누고 있네요. 놀랍게도 회사 밖에서 까마귀 우는 소리가 들립니다. 몇 년 전 회사 근처에서 까마귀를 본 적이 있는데, 녀석은 계속 이 근처에 살고 있었나 봅니다. 분명히 존재했지만 저는 감지하지 못했던 거죠. 세상의 많은 정보가 이렇지 않을까요?

감각 하나를 차단해 보면, 남아 있는 감각 — 센서들 — 이 훨씬 더 예민하게 작동하기 시작합니다. 생존을 위한 본능적인 움직임이겠죠. 여러분도 한번 시험해 보세요. 출퇴근길에 노이즈 캔슬링이 되는 이어폰을 끼고 계신다면 소음을 차단하고 음악을 틀지 않은 채로 주위를 관찰해 보세요. 청각이 차단된 순간, 당신의 시각이 훨씬 예민하게 정보를 수집하기 시작할 겁니다. 다시 느끼게 되실지도 몰라요, 생각보다 훨씬 예리한, 하지만 그 감도를 줄이고 있었을 뿐인 당신의 센서를.

전지적 관찰자 시점으로

컴퓨터의 움직임이 예전 같지 않을 때 제일 쉬운 해결책은 뭘까요? 껐다 켜는 거죠. 우리의 감각이 더 이상 새로운 것들을 포획하지 못할 때, 쉽게 누를 수 있는 재시동 버튼이 있는데요. 주관이 아닌 객관의 시선으로 보는 연습을 해보는 겁니다.

카메라에 녹화된 자기 모습을 본 적이 있나요? 저도 예전에 제가 프레젠테이션하는 모습이 녹화된 영상을 본 적이 있는데, 깜짝 놀랐습니다. 일단 굉장히 어색했어요. 그리고 무엇보다, 제가 특정 단어를 그렇게 자주 쓰는 줄 몰랐습니다. 저는 '말하자면'이라는 단어를 제 생각보다 훨씬 자주 쓰고 있었습니다. 바깥의 시선으로 보아야만 보이는 것들이 있죠.

그러니 '나를 찍는 카메라가 있다'라고 상상하며 자신의 모습을 관찰해 보는 것도 흥미로운 훈련입니다. 내가 당연하다고 생각하며 주의를 기울이지 않았던 것들이 굉장히 낯설고, 심지어 흥미롭게 보입니다. 그 순간을 글로 적어봐도 좋습니다. 당신이 지금 엘리베이터를 타고 있다면, 당신을 따라다니는 카메라가 지금 건물 밖에 있다고 생각해 보세요. 다른 요소를 모두 제외하고 엘리베이터에 탄 당신과, 내리고자 하는 층에 내린 당신이 수직 이동하는 장면만을 상상해 보세요. 생각보다 굉장히 영화적인 장면입니다.

한 발 더 나아가 볼까요? 지하철을 타고 이동하는 당신을 어떤 절대적인 존재가 하늘 위에서 지켜보고 있다고 생각해 보세요. 당신은 지상의 도로 배열과는 무관하게 움직이고, 때론 뱀처럼 휘어진 곡선을 그리며 이동합니다. 언덕도, 강도, 당신의 이동을 방해하지 못해요. 마치 거대한 스케이트보드를 탄 것처럼요. 엘리베이터의 수직 이동만큼이나 드라마틱한 장면입니다.

이런 식으로 나를 내가 아닌 시점에서 보는 연습을 해보면, 나에게 익숙했던 것들이 순간 낯설게 보입니다. 익숙하다고 생각해서 들여다보지 않았던 디테일들이, 시점을 바꾸는 것만으로도 보이기 시작하죠. 누구에게나 일상이 지난한 반복처럼 느껴질 때가 있습니다. 그럴 때 한 번씩 다른 사람의 관점으로 내 앞의 세상을 바라보는 연습을 해봐도 좋습니다. 시선을 조금만 바꿔도 당신 주위에 이미 존재하고 있던 새로운 자극과 이야깃거리들을 발견할 수 있습니다.

■　■　■　■

지금까지 '센서'에 대해 말씀드렸습니다. 말씀드린 김에, 센서에 좋은 것이 걸렸을 때의 쾌감에 대해서도 이야기하고 싶네요. 카피라이터인 저는 그걸 '악필의 순간'이라고 부르는데요.

섬광처럼 좋은 생각이 떠올랐을 때, 이 생각이 날아갈까 두려워 글씨의 모양 따윈 생각하지 않고 갈겨 쓰는 순간이 있습니다. 글씨가 생각의 속도를 따라가지 못해 날아가는 순간입니다. 광고계에선 '그분이 오셨다'라는 표현을 쓰는데요. (웃음) 자주 오지 않지만, 본능적으로 '그 순간'임을 알 수 있습니다. 이때 제 손의 연필은 그물이나 뜰채 같은 '어구漁具'의 기능을 한다고 생각해요. 지금 붙잡아 놓지 않으면 사라지거든요. 낚싯바늘에서 빠진 물고기가 다시 물로 돌아가면 애초에 물고기가 오지 않은 것과 다름없어지는 것처럼 말이죠.

카피라이터가 아닌 당신이라도 아마 비슷한 경험을 해보셨을 겁니다. 자동 재생으로 음악을 듣다가 딱 내 취향인 음악이 들려 볼륨을 '투둑' 올릴 때. 짜릿하죠. 책을 읽다가 마음 한 곳을 건드리는 문장을 만났을 때. 저는 그럴 때 그 문장에만 불이 켜진 것 같습니다. 센서에 무엇이 걸릴 때의 쾌감은 굉장합니다. 다시 고기잡이에 비유하자면, 낚시 찌가 '투둑' 흔들리는 느낌이랄까요? 한 번 느낀 뒤론 계속해서 그 짜릿함을 느껴보고 싶어져요.

인생의 해상도를 궁금해하며 이 책을 펴신 당신이라면, 이미 꽤 괜찮은 센서를 가지고 있으리라 생각합니다. 매혹의 영역으로 자꾸 나를 데려가고, 좋은 감각을 가진 이들을 따라 해보세요. 존중하는 시선으로 사람들을 바라보고, 나를 객관적인 시선으로 보고, 감각을 예리하게 다듬는 노력도 틈틈이 해보시고요. 그리고 가끔씩은 제가 말씀드린 '악필의 순간'을 만나는 행운을 누리시길 빕니다. 당신 앞에 더 선명하게 드러날 세상을 기대하며, 두 번째 이야기로 넘어가 보겠습니다.

2 관점:

골라내는
기준

이번 시간은 질문으로 시작해 보겠습니다. 여러분에게 가장 중요한 재산은 무엇인가요? 집? 자동차? 유튜브 구독자 수? 당신이 지금껏 달려온 분야에서 쌓아 올린 노하우?

똑같은 질문에 대한 제 대답은 '시간'입니다. 여기서 시간은 저라는 사람에게 남은 물리적인 시간이 아니라, 이 시대를 살아가는 '효율' 관점에서의 시간이에요.

우리는 이제 우리 앞에 놓인 좋은 것, 아름다운 것을 다 음미하기란 불가능한 시대를 살고 있습니다. 정보와 자극이 넘쳐나죠. 당신이 200년 전, 1820년대의 조선에 살고 있었다면, 평생의 이동 반경은 — 과거를 보러 한양에 가는 양반이 아닌 이상 — 태어난 곳에서 100리를 넘기 힘들었을 겁니다. 그러니 사계절 자연의 변화를 들여다보며, 사돈의 팔촌의 관혼상제를 챙기는 일이 가능했겠죠. 양반 신분이 아니고서야 당대의 사상이나 창의력이 담긴 서책과 화첩 — 지금으로 치면 책과 유튜브 — 을 펼쳐보는 일은 극히 드물었을 테고, 명절처럼 특별한 순간이나 장터처럼 특별한 공간에서 펼쳐지는 엔터테인먼트가 그야말로 두근거리는 이벤트였을 겁니다. 무엇이든 천천히 생각하고 오래 감상하기에는 분명 더 유리한 시대였을 거라 생각합니다. 다만 더 많은 즐거움을 누리기 위해 그들에게 가장 중요했던 건 '정보와 자극' 그 자체였겠죠.

이제는 좋은 것들이 주위에 넘쳐납니다. 어차피 다 즐길 수도 없고, 다 즐겨봐야 내게 딱히 남는 것도 많지 않습니다. 오히려 좋은 것만큼 많은 게 나쁜 것들이죠. 시간은 한정되어 있고, 좋은 것들은 과잉 공급되니, 필요한 건 무엇일까요? '선택'입니다. 그래서 중요한 게 관점이죠. 무엇을 고르느냐에 따라 내 소중한 시간은 쓰레기 같은 것들로 채워진 채 허무하게 사라질 수 있고, 밀도 있는 양질의 아름다움으로 채워질 수도 있습니다. 명확한 관점이 있는 사람은 내가 좋아하는 것, 나를 늘 성장시키는 것을 잘 알기에 무수히 많은 좋은 것들 중에서도 더 좋은 것을 빠르게 골라내고, 더 잘 흡수하죠.

그러니 센서가 잘 찾아내는 '감각'이라면, 관점은 잘 골라내고 그것을 나만의 각도로 들여다보는 '기준'입니다. 살다 보면 만나게 되죠. 자신의 관점이 분명한 사람. 무수히 많은 경우의 수들 사이에서 자신이 원하는 것을 빠르게 골라내는 사람. 그리고 그것을 능숙하게 들여다보고 어떤 부분이 좋은지도 기가 막히게 잘 찾아내는 사람. 그런 이들을 유심히 관찰해 보면, 때론 뛰어난 검객이나 베테랑 운동선수 같아요. 행동과 판단에 군더더기가 없거든요.

관점의 능력

어느 날, 자신만의 관점이 있는 이에겐 어떤 장점이 있을까를 곰곰이 생각해 보다가 스마트폰 메모장에 이렇게 적었습니다.

생각이 쌓이면 관점이 된다.
관점이 쌓이면 덜 불안해진다.

우리가 불안함을 느끼는 건, 앞으로 벌어질 일에 내가
어떤 식으로 움직일지를 예측하기 어렵기 때문입니다. 자
신만의 관점이 잘 정립된 사람은 아무래도 덜 불안하게 마
련입니다. 변수가 생겨도 나만의 기준점이 있고, 그래서 내
가 어떻게 움직일지를 어느 정도는 예상할 수 있으니까요.
그건 마치 여행 가기 전 도착할 도시의 지도를 미리 보고 가
면 훨씬 덜 불안한 것과 같습니다. 어렴풋하게라도 내 동선
을 예상할 수 있다면, 아무래도 조금은 안심이 되잖아요?

비슷한 일을 우리는 일상생활에서도 이미 경험하고
있죠. 아무런 준비 없이 면접할 회사에 가는 사람은 없습
니다. (있더라도 그 면접에 붙을 확률은 매우 낮겠죠.) 면접 전 그
회사의 정보를 찾아보고, 면접 후기를 뒤져보고, 면접관의
성향을 알아보는 것만으로도 마음은 훨씬 편안해집니다.
저는 광고회사의 크리에이티브 디렉터로 일하면서, 1년에

도 몇 번씩 처음 보는 사람들 앞에서 수십억이 걸린 경쟁 프레젠테이션을 하는데요. 프레젠터의 긴장감을 덜어주기 위해, 일 잘하는 세심한 광고기획팀 팀원들은 제게 프레젠테이션을 할 장소, 화면의 크기, 좌석의 위치와 당일 화면에 뜰 폰트의 크기까지 미리 사진을 찍어서 보내줍니다. 그러면 확실히 현장에서 덜 불안해요. 막연한 상상을 안 하게 되니까. 어느 정도 긴장될지조차 예측할 수 있으니까.

. . . .

선명한 관점을 가지려면 :
쌓고 부수기

자극이 넘치는 시대에 좋은 것을 빠르게 골라낼 수 있게 해주는 관점. 예상치 못한 변수라는 파도가 찾아와도 바다 밑바닥에 내린 닻처럼 나의 중심을 잡아주는 관점. 이 관점은 어떻게 정립될까요?

관점을 만드는 건 결국 시간입니다. 관점은 쌓고 부수기의 반복을 통해 만들어집니다. 10년 전 당신이 내린 결정들을 한번 떠올려보세요. 어떤 친구들과 주로 시간을 보냈는지. 어떤 음악과 영화를 좋아했는지. 어떤 직장을 선택했는지. 어느 타이밍에 이직을 결심했는지. 어떻게 연애를 시작했으며 어떤 이유로 끝냈는지.

그중에서, 오늘의 당신이라면 결코 내리지 않았을 선택들이 있을 겁니다. 당연하죠. 한 사람의 관점은 계속해서 변하거든요. 당신이 내린 선택의 결과들을 마주하면서, 당신이 동경하는 사람의 판단을 지켜보면서, 관점은 점점 선명해집니다. 당신이 절대 따라 하고 싶지 않은 사람의 행동을 곱씹으면서, SNS에 올라온 흥미로운 것들 중 특히 나를 즐겁게 하는 것에 반복 노출되면서, 어떤 믿음은 강화되고, 어떤 신념은 탈락됩니다.

결국, 스스로 한 생각이 쌓이면 관점이 됩니다. 남의 좋은 관점을 아무리 많이 보고 들어도 그것이 그대로 나의 관점이 되는 일은 없어요. 관점엔 반드시 내가 개입되어야 합니다. 그래서 우리는 틈틈이 이런 질문을 스스로에게 던

져야 합니다.

"저 말은 옳은가. 남들은 맞다고 하지만 나에게도
맞는가."
"나는 무엇이 가장 중요한 사람인가."
"어쩔 수 없이 하나씩 포기해야 한다면, 마지막
순간까지 내가 포기할 수 없는 가치는 무엇인가?"

그래서 알고리즘보다 검색이, 검색보다 사색이 단단
한 관점을 만드는 데는 훨씬 유리합니다. 당신이 스스로
한 생각만이 비로소 당신의 관점이 되니까요. 떠먹여 주는
정보에 익숙해지면, 스스로 생각하는 힘은 약해지기 마련
입니다. 요즘 인터넷에 돌아다니는 긴 글에는 세 줄 요약
이 붙는 경우가 많죠. 긴 글을 끝까지 읽고 천천히 생각하
는 건 시간이 들고 귀찮기 때문일 겁니다. 세 줄 요약을 읽
으면 그 글을 다 파악한 것만 같지만, 빠르게 파악한 만큼
그 지식은 빠르게 사라집니다. 그리고 계속해서 누군가의
요약을 기다리게 되죠.

얼마 전 굉장히 멋진 문장을 하나 만났습니다. 스스로

시간을 들여 고민한 것만이 진정한 내 것이 된다는 말을 이렇게 쉬운 단어 몇 개로 표현했네요.

헤맨 만큼이 내 땅.

시간을 들여 숙성시킨 내 생각만이 비로소 누구의 것과도 구별되는 나의 관점이 됩니다.

관점과 편견

그러니 어떤 의미에서 관점은 나이 듦의 축복일 수 있습니다. 공짜로 누구에게나 주어지는 게 물리적 젊음이라면, 관점은 내 안에 쌓인 인풋들을 들여다보고 내 것으로 숙성시키는 시간이 반드시 필요하니까요. 하지만 우리가 늘 경계해야 할 것은, 나의 관점이 '편견'의 다른 이름이 되지 않는 것입니다. 저도 '관점은 있되 편견은 적은' 사람이 되고 싶어 이렇게 스스로 생각을 정리하고 있어요.

밖에서 오는 자극들은 언제나 존중한다.

미리 판단하고 거르지 않는다.

그러나 안에서는 늘 명확한 관점을 가진다.

내게 중요한 것이 무엇인지를 알고,

중요한 순간엔 그것에 집중한다.

말은 이렇게 하지만 솔직히 쉬운 일은 아닙니다. (웃음)

선명한 관점을 가지려면 :
결

나이가 들면서 편협해지는 사람이 있고, 더 지혜로워지는
사람이 있습니다. 제게는 놀랄 만큼 후자에 가까운 선배
님이 한 분 계신데요. 직업 수명이 짧기로 유명한 광고업
계에서도 계속해서 뛰어난 역량을 발휘하며 항상 오픈 마
인드를 유지하시는 선배님께 어느 날 여쭤봤어요. 업계는
이렇게 빨리 변하는데 어떻게 계속 잘할 수 있냐고, 변화
가 두렵지 않느냐고. 그랬더니 그분은 웃으며 이런 대답
을 돌려주시더군요.

"좋은 걸 자꾸 보러 다녀.
좋은 이야기 하는 사람을 곁에 두고."

인생의 진리는 늘 이렇게 단순하죠. 여기서 제가 주목한 단어는 '곁'입니다. 좋은 사람이 되는 매우 쉬운 방법은 좋은 사람 곁으로 가는 것입니다. 자신만의 관점을 다지는 가장 좋은 방법 역시, 명확한 또는 유연한 관점을 가진 사람 옆에서 그의 생활과 판단을 지켜보는 것입니다. 곁에 있으면, 글이나 영상을 통해 배우는 것과는 비교할 수 없을 정도로 빠르게 그의 장점을 흡수할 수 있습니다. 만약 나와 결이 맞는 집단에 들어가 내가 배울 것이 있는 사람들에게 둘러싸일 수 있다면? 그보다 더 빨리 성장할 순 없겠죠. 과외 선생님이 여럿 붙는 셈이니까요. '나와 가장 많은 시간을 보내는 다섯 명의 평균값이 나를 말해준다'는 말이 있죠. 경험에 비추어보면, 이 또한 진리에 가깝습니다. 좋은 사람 곁에는 반드시 좋은 사람이 있더군요. 예외를 찾기 힘들 정도로요.

곁.
생각의 반려자

그러니 망설이지 말고 '곁'이 될 만한 사람을 찾으세요. 그리고 그 곁으로 가세요. 생각의 인생에도 반려자가 필요합니다. 세상을 바라보는 시선이 특별한 사람. 유달리 시야가 넓은 사람. 가끔 나와 다른 앵글로 세상을 읽어주는 사람. 아마 여러분 주변에 한두 명은 있을 겁니다. 이런 사람들이 생각의 반려자가 되기 좋은 후보군입니다.

그리고 그 '곁'이 되어줄 사람이 꼭 모든 면이 완벽한 오각형의 멘토일 필요는 없어요. 곁의 기준은 '부족함이 없느냐'가 아니라 '배울 것이 있느냐'여야 합니다. 부족해도 명확한 장점이 있다면, 그 또한 나의 관점을 정립해 줄 좋은 '곁'이 될 수 있어요. 나를 내 매일의 반복에서 유쾌하게 끄집어내 주는 사람, 있지 않나요? 나에게 새로운 자극을 줄 수 있다는 측면에서, 굉장히 좋은 '곁'이 될 수 있습니다. 나의 엉뚱한 질문에도 나를 공격하지 않는 사람. 나와는 생각하는 결이 매우 다른 사람. 내가 좀처럼 갈피를 잡지 못할 때 기꺼이 함께 방향타를 잡아주는 사람이 있죠.

그런 사람 또한 나의 훌륭한 '곁'이 될 수 있습니다.

나의 관점을 풍부하게, 그리고 단단하게 만들어줄 '곁'은 배우자여도 좋고, 가족의 일부여도 좋습니다. 하지만 어떤 의도도 의무도 없이 곁에 머물 수 있는 존재, 법적인 끈이나 유전자의 연결고리 없이 내게서 완벽히 자유로운 존재라면 더 좋습니다. '곁'은 언제든 만나고 떠날 수 있어야 합니다. 다양한 '곁'을 만날수록 우리의 관점은 더 유연해지니까요.

▪ ▪ ▪ ▪

사실 관점은 사이즈가 굉장히 큰 단어입니다. 거시적으로 보면, 관점은 내가 세상을 살면서 내리는 판단의 기준입니다. 미시적으로 보면, 내 앞의 좋은 것들을 골라내는 기준점이라고 할 수 있겠죠. 앞서 말씀드린 관점을 단단하게 만드는 방법은 두 가지 모두에 해당되는 이야기라고 생각해요.

지금부턴 제 관점에 대해 얘기해 보겠습니다. 미시적인 측면에서의 관점 두 가지를요. 쉽게 말하면 인생의 해상도 측면에서의 관점, '내가 늘 반하는 것', '내게 언제나 확률이 높은 것', '내가 우선순위로 두는 것'입니다. 대단한 식견을 가진 사람도 아닌데 부끄럽지만, '세상엔 이런 관점도 있구나'의 용도로 읽어주시면 좋겠네요. 이 또한 여러분의 관점을 풍부하게 해줄 겁니다.

시간

제가 높은 확률로 마음을 빼앗기는 것들을 돌아보면 늘 시간에 관련된 것들입니다. 시간의 흐름이 느껴지는 물건이나 오랜 세월을 견뎌낸 장소, 누군가 시간을 들여 이뤄낸 결과물들을 보면 신기할 정도로 쉽게 마음이 움직이는 것을 느껴요. 경주 여행을 가도 가장 기억에 남는 건 불국사나 석굴암보다 오히려 감은사지感恩寺址나 황룡사지皇龍寺址 같은 장소입니다.

감은사지는 유홍준 교수님의 『나의 문화유산 답사기

1』에 소개되어 많은 이들에게 알려진 곳입니다. 감은사지에 가보셨나요? 경주에서 감포 해변 쪽으로 나가면 바다 한가운데 왕의 무덤이 있죠. 그 유명한 문무대왕릉입니다. 죽어서 동해바다의 용이 되어 왜구들로부터 신라를 지키겠다는 문무대왕의 뜻에 따라, 전 세계적으로도 유래 없는 수중릉이 만들어졌죠. 감은사는 경주에서 문무대왕릉으로 가는 길 왼편 언덕에 위치한 절입니다. 감은사라는 말 뒤에 '지址' 자가 붙은 이유는 그곳에 더 이상 감은사가 없기 때문입니다. 감은사가 있던 자리라는 뜻이죠.

감은사지에 가보면 절은 사라진 지 오래고, 절이 있던 자리만 남아 있습니다. 대체로 폐사지 — 절은 사라지고 절터만 남은 공간 — 에 가면 법당의 나무 기둥을 올렸을 주춧돌들만 남아 있는 경우가 많은데요.[4] 감은사지엔 흔히 보는 주춧돌이 아니라 돌기둥처럼 길쭉한 돌들이 바둑판처럼 놓여 있어요. 그리고 거대하고도 완성도 높은 두 개의 탑이 절이 있던 자리 양옆에 남아 과거 이곳이 어떤 규모

4 경주의 황룡사지가 대표적인 경우입니다. 황룡사지에는 주춧돌들만 남아 있습니다. 다만 그 주춧돌의 수가 엄청나게 많아, 이 절이 과거에 얼마나 큰 규모였는지를 알 수 있습니다.

였는지를 말해줍니다. 자료를 찾아보면 절이 있던 자리에 남아 있는 바둑판 모양의 구조물은 동해의 용이 된 문무왕이 감은사에 드나들 수 있도록 절의 바닥에 만들어놓은 일종의 통로라고 해요. 이 절은 문무왕이 생전에 짓기 시작해 아들 신문왕 대에 완성되었는데요. 감은사가 완공되던 682년에는 절 앞으로 바닷물이 드나들었다고 합니다.

절터에 서서 앞을 바라보면, 바닷물이 오갔다는 자리는 온통 논과 밭으로 변해 있습니다. 10년, 20년도 아니고 1,300년이 넘게 흐른 셈이니, 바다가 육지가 되는 것도 불가능한 일은 아니겠죠. 이상하다는 느낌이 들 정도로 거대한, 그러나 우아한 기품을 갖춘 석탑 둘 사이에 흔적도 없이 사라져버린 절. 그 이미지가 너무 강렬해서, 감은사지는 그곳에 머무는 내내 저를 생각에 잠기게 합니다.

거대하고도 우아한 탑은 1,300년 전 신라의 시간을 떠올리게 합니다. 완성도를 보면, 의심의 여지 없이 당대 최고의 아티스트들을 투입해 완성한 걸작입니다. 감은사가 완공되던 서기 682년의 어느 날을 상상해 봅니다. 아마도 그 시절 유행하던 화려한 음악이 연주되고 있었겠죠. 아버

절은 사라지고 거대한 두 석탑만 남은 감은사지의 모습.
한때 절 앞까지 차올랐다는 바다는 논과 밭으로 변했습니다.

그림 1

지 대에 시작해서 아들이 완공한 절이니 분명 아들 신문왕이 직접 왕림했을 겁니다. 우뚝 선 두 탑 사이에서 동해 바닷속 아버지의 무덤을 바라보며 아들은 어떤 생각을 했을까요? 당시 왕에게, 그리고 백성들에게 최대의 고민은 무엇이었을까요? 선왕이 용이 되어 막겠다는 왜구였을까요? 내친김에 교과서에나 보던 단어, 왜구를 한번 상상해 봅니다. 레이더도, 경보 센서도 없던 그 시절, 깜깜한 밤 해안가에 배를 대고 쳐들어오는 왜구는 얼마나 두려운 존재였을까요? 아무렇지 않은 일상에 잠복해 있는, 죽음의 다른 이름 아니었을까요?

그러나 절은 사라지고 터만 남은 그곳은, 시간 앞에서는 그 처절한 고민들과 거대한 구조물들이 얼마나 나약한지를 보여줍니다. 그리고 우리가 매달려 사는 시간의 스케일에서 순간 자유롭게 해줘요. 우리가 집착한 오늘 하루가, 내년 이맘때에는 어떻게 기억될까요? 그럼 5년 뒤에는 어떨까요? 우주의 무한한 시간의 흐름 속에서 잠깐 반짝이는 빛처럼 등장했다 사라지는 우리에게 중요한 것은 무엇일까요? 오늘 우리가 매달린 고민들이 실은 아주 미미한 것일 수 있음을 1,300년의 변화를 간직한 절터가 말해주는 것만 같아요.

말하자면 저는 시간의 팬인 셈입니다. 현존하는 절대적인 슈퍼파워는 결국 시간 같아요. 시간은 모든 것을 사라지게 하고, 시간의 힘을 등에 업은 사람은 가벼운 재능을 자랑하던 이를 끝내 제압합니다. 시간을 들여 압도적인 격차를 만들어내는 사람, 브랜드, 문장, 건축물, 그 모든 존재에 경외의 마음이 듭니다.

노포의 음식들을 좋아하는 것도 같은 맥락이에요. 저와 아내는 노포의 음식을 굉장히 사랑하는데요. 잔뜩 기대하고 찾아간 — 또는 배달앱 서비스를 통해 도착한 — 노포의 음식에서 기대에 부응하는 맛을 발견했을 때, 서로 얼굴을 쳐다보며 미간을 찌푸리는 순간은 정말이지 행복합니다. '그 맛'이라는 확신이 들 때 서로를 보며 나누는 대사가 있어요. "와… 이 안에 뭔가 있지 않아?" 그 순간 식탁에서 제 인생의 해상도는 올라갑니다. 작은 불꽃놀이를 보고 있는 것처럼 선명한 행복을 느껴요.

급하게 배운 기술로는 결코 낼 수 없는 맛을 노포의 음식들은 담고 있습니다. 제 관점에서 음식을 고르는 첫 번째 기준은 인스타그래머블한 외양이나 트렌디한 메뉴보다 쉽게 따라 할 수 없는 내공이 내는 맛입니다. 온통 젊고 새로운 것들이 결코 이길 수 없는 '짬바'[5]가 담긴 한 접시이고요. 한 세월을 한 분야에 몰입해서 일가를 이룬 이들의 인터뷰를 좋아하는 것도 같은 이유입니다. 시간의 힘이 담긴 콘텐츠를 읽으면 저는 늘 마음이 움직이고, 제가 하는 일에 적용할 부분을 빠르게 찾아내곤 합니다. 언제나 시간이 깊게 관여된 인풋들을 만나면, 그 농축된 밀도에서 우러나오는 즐거움에 제 인생의 해상도가 올라가는 것을 느껴요.

디테일

넷플릭스의 〈러브, 데스 + 로봇〉 시리즈를 보신 적 있나요? 영화 〈소셜 네트워크〉, 〈벤자민 버튼의 시간은 거꾸로 간다〉를 연출한 데이비드 핀처 David Fincher 감독이 제작을 맡아 시즌제로 선보이는 애니메이션 연작입니다. 한 시즌마

---

5 짬에서 오는 바이브. 내공으로부터 시작되는 압도적인 능력을 일컫는 말.

다 8편에서 18편 정도의 에피소드가 담겨 있어요. 제목이 〈러브, 데스 + 로봇〉인 이유는 각 편마다 사랑, 죽음 또는 로봇, 이 세 가지 주제 중 하나가 반드시 들어 있기 때문입니다. 한 편의 러닝 타임이 20분 미만이라, 출퇴근하며 보기 딱 좋은 길이입니다.[6]

영상을 만드는 게 직업인 저는 책을 보거나 기사를 읽는 것도 좋아하지만 틈틈이 이런 웰메이드 영상을 챙겨 보곤 합니다. 보신 분들은 아시겠지만 이 시리즈는 비주얼적인 완성도가 엄청납니다. 얼핏 보면 실제 배우들을 데리고 카메라로 찍은 것 같아요. 저는 시즌 1의 중반까지 보고 나서야 이 작품이 100퍼센트 애니메이션 시리즈임을 알았을 정도입니다. 시리즈를 지휘하는 데이비드 핀처 감독이 광고계에서 커리어를 시작한 이유에서인지 영상의 호흡도 짧고 스타일리시합니다. 시즌마다 기발한 주제들이 넘쳐나요. 냉동실 문을 열었더니 그 안에서 한 문명이 태어났

---

6 미국 버전 포스터를 보면 상단에 'NSFW'라는 손글씨가 적혀 있는데, 'Not Safe For Work', 일하는 장소에서 보면 곤란해질 수 있다는 뜻입니다. '후방주의'의 미국식 표현일 텐데요. 대체로 강렬하고, 틈틈이 잔인하거나 선정적이니 마음의 준비를 하셔야 할 겁니다.

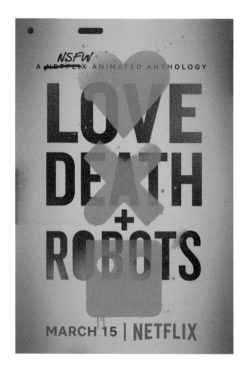

넷플릭스 오리지널 〈러브, 데스 + 로봇〉 포스터

그림 2

다가 자기들끼리 일으킨 전쟁으로 사라지는 장면을 목격하게 된다거나(아이스 에이지), 각성한 로봇 청소기들의 반란으로 인류의 생존이 위협받는다거나 하는(자동 고객 서비스), 쉽게 상상하기 힘든 이야기들을 만나게 됩니다. 그리고 좋은 작품들이 그렇듯, 볼 때도 좋지만 보고 난 후로도 계속해서 이야기가 머릿속을 맴돌죠.

세 시즌 동안 공개된 35편의 에피소드를 모두 보았습니다. 에피소드마다 각각의 매력이 있지만, 그중 압도적인 하나를 말하라면 저는 주저 없이 시즌 3의 마지막 편 '히바로JIBARO'를 꼽습니다. 배경은 중세의 서양이고, 주인공은 세이렌과 귀머거리 기사입니다. 세이렌은 그리스 신화에 나오는 요정이에요. 노랫소리로 뱃사람을 유혹해 물에 뛰어들게 만드는 능력으로 유명하죠. 우리가 스타벅스 로고에서 만나는 인어처럼 생긴 존재가 바로 그 세이렌입니다. 알고 계셨나요? 요란한 경보가 울리면, 사이렌이 울린다고 하죠? 그 사이렌의 어원이 세이렌이고요. (새로운 자극이 이미 알고 있던 정보와 더해져 훨씬 더 입체적으로 이해될 때, 그 또한 인생의 해상도가 올라가는 순간일 겁니다. 흥미롭지 않나요? 이 이야기는 다음 장 '겹'에서 더 다뤄보겠습니다.)

히바로의 이야기는 세이렌 신화의 육지 버전입니다. 히바로의 세이렌은 호수에 살고 있고, 온몸을 아름다운 보석과 금붙이로 휘감고 있어요. 영상의 첫 장면을 보시면 세이렌의 재물을 노리고 기사와 사제들이 호수를 찾아옵니다. 하지만 그녀의 기이한 노랫소리가 시작되자 온 부대는 가볍게 전멸합니다. 이렇다 할 싸움조차 필요 없어요. 노래를 들은 기사들이 자신의 의지와 상관없이 춤을 추며 물속으로 뛰어들거든요. 끔찍하고 기이하지만, 아름답습니다. 음악에 이끌려 춤을 추며 물속으로 사라진다니. 에피소드 내내 등장하는 무용의 동작들이 예사롭지 않아 검색해 보니 춤 동작 하나하나를 안무가가 직접 만들었다는군요.

부대는 전멸하지만 귀머거리 기사만은 살아남습니다. 귀가 들리지 않으니, 세이렌의 노래가 통하지 않는 거죠. 세이렌은 남들과 다른 존재인 귀머거리 기사에게 매력을 느낍니다. 우리들이 사랑에 빠지는 방식과 비슷하죠. 사랑의 초입에서 '다름'은 놀라운 매력입니다. 하지만 그 사랑을 끝내는 것도 대개 '다름' 때문이죠. 둘의 만남은 어떻게 끝났을까요?

내용도 내용이지만 제가 '히바로'에서 느낀 가장 큰 매력은 디테일 하나하나에 공을 들인 비주얼이었어요. 히바로의 영상은 이걸 과연 애니메이션이라 부를 수 있을까 싶을 정도로 사실적이고 환상적입니다. 17분 가량의 러닝 타임 내내 저는 헛웃음을 지으며 지켜보았어요. 저 또한 영상을 만드는 사람이기에, 저 완성도에 이르기까지 어떤 과정을 거쳤을지가 스크린 너머로 느껴졌기 때문입니다. 만들어보면, 남이 만들어낸 것이 허투루 보이지 않습니다. 그리고 자기도 모르게 '저걸 어떻게 만들었을까'의 앵글로 작품을 보게 돼요.

그래서 저는 20여 년 전 카피만 쓰던 시절보다 오히려 요즘, 남이 만든 영상을 보며 더 자주 감탄하는 중입니다. 영상을 한 겹 한 겹 뜯어보게 되고, 자연스럽게 생각이 꼬리를 물거든요. 저 장면의 첫 스케치는 어땠을까. 스쳐 지나가는 저 미장센을 위해 얼마나 많은 스탭이 붙었을까. 죽음으로 향하는 길에 발레 동작을 넣은 천재는 대체 누구일까. 이제는 제가 무엇을 좋아하고 어떤 것이 중요한 사람인지를 좀 알겠어요. 늘 제 마음을 움직이는 것은 누군가가 자신이 세운 세계 안에 정성스레 넣어둔 디테일들입니다.

그리고 그것은 높은 확률로 제 하루의 해상도를 높여주죠.

디테일이라는
세계

어릴 적, 문방구에서 파는 프라모델 — 당시 말로는 조립
식 — 을 그렇게 좋아했어요. 학교가 끝나면 '곰이네'라는
동네 문방구에 들러서, 새로 나온 탱크나 비행기가 선반 위
에 놓여 있으면 기어 올라가 꺼내 보며 그렇게 행복해 했습
니다. 거의 매일 들러 똑같은 조립식의 뚜껑을 열어보는 아
이에게 주인 할머니는 "또 왔어?" 하며 웃으시는 것 말고는
별다른 반응을 보이지 않으셨습니다. '손때 묻으면 안 팔
려. 그거 안 팔리면 네가 물어낼래?' 같은 어른의 말도 없었
습니다. 그 소소한 너그러움 덕분에, 재개발로 사라진 문방
구는 한 사람의 마음속에 영원히 두근거리는 장소로 남아
있어요.

　　그때 저는 어떤 표정을 짓고 있었을까요? 흥분되는 마
음을 누르고 애써 차분해 보이고 싶었겠죠. 저는 그런 스

타일의 어린이였으니까요. 하지만 그런 마음까지도 문방구 할머니에게는 다 보이지 않았을까요? 순도 높은 감정은 숨기기가 쉽지 않으니까요.

요즘의 나는 그런 순도의 표정을 짓지 않는 건가 생각하다가, 크리스토퍼 놀란^{Christopher Nolan} 감독의 신작이 나온다는 소식에 웃고 있는 저를 발견했어요. 크리스토퍼 놀란이 누굽니까. 천하제일 디테일 대회를 열면 가장 먼저 초대장을 받을, 디테일의 대명사 아닙니까. 영화 〈인셉션〉에서 공간이 마구 비틀리는 꿈속의 호텔 장면을 위해 실제 호텔 세트를 만들어서 꼬치구이를 하듯 회전시킨 것으로 유명하죠. 그리고 그 공간에 배우를 실제로 투입해 촬영했고요. 2차 세계대전 당시의 유명한 철수 작전을 다룬 영화 〈덩케르크〉의 전투씬을 위해서 박물관에 전시되어 있는 2차 세계대전 당시의 전함을 예인선으로 끌고 와 실제 덩케르크 해변에서 촬영했다는 일화는 또 어떤가요. 놀란 감독의 신작이 나왔다는 소식만으로도 제 가슴은 두근거렸어요. '이번엔 어떤 디테일을 담았을까. 그 디테일이 만드는 미세한 차이를 읽는 순간 나는 얼마나 행복해질까.'

자신만의 세계를 구축하고 디테일로 압도하는 감독들 — 이를테면 〈너의 이름은〉, 〈날씨의 아이〉를 만든 신카이 마코토新海誠 감독 — 의 작품을 보면 언제나 행복감을 느낍니다. 신카이 마코토 감독의 작품을 보면 유독 기상 현상을 다루는 장면들이 많죠. 그중 〈언어의 정원〉이라는 작품을 보셨나요? 〈언어의 정원〉은 비를 계기로 시작된 두 남녀의 만남을 그립니다. 그래서 러닝 타임의 대부분 비가 내리죠. 처음 이 작품을 볼 땐 '또 비가 오네'라는 생각이었는데요. 장면을 하나하나 뜯어보니 그림으로 구현된 빗방울의 움직임이 놀라울 정도로 사실적입니다. 바람이 많이 부는 날 비가 내리면 처마 끝에 매달린 빗방울이 수직으로 떨어지지 않고 끈적한 느낌으로 매달리다가 사선으로 떨어지죠. 감독은 그걸 애니메이션으로 그대로 구현해 냅니다.

말하자면, 저는 누군가가 정성스레 쌓아올린 거대하고 아름다운 세계를 만나면, 그곳에 담긴 정성을 한 겹씩 분해해서 맛보는 것을 매우 좋아하는 셈이죠. 새로 연 카페에 들어섰는데 공간 곳곳에 주인이 세심하게 놓았음이 분명한 디테일들이 눈에 들어오면, 일단 호감의 마음이 앞섭니다. 회사 근처에, 문손잡이 자리에 굳이 동그란 돌을

〈언어의 정원〉의 한 장면.
빗방울의 움직임을 오래 관찰하지 않고는 구현할 수 없는 장면입니다.

그림 3

달아 놓은 카페가 있습니다. 카페 이름은 Fiel. 스페인어로는 '충실한', '성실한'이란 뜻인데 아마 돌이 갖는 이미지와 비슷해 활용한 건 아닐까 추측해 봅니다. 문을 열고 들어가 자세히 보면, 바리스타들이 주문을 받는 테이블도 거대한 돌덩어리를 깎아 만들었네요. 그렇다면 볼 것 없이 이곳은 주인이 디테일 하나하나에 신경을 쓴 공간입니다. 이런 집에서 원두 하나, 시그니처 메뉴 하나를 아무렇게나 정했을 리가 있을까요? 많은 경우, 부분은 전체를 말해줍니다.

여러분도 좋아하는 공간이 있다면 그곳의 요소들을 텍스트라고 생각하고 읽어보세요. 2D로 평평했던 세계가 3D처럼 입체적으로 튀어나오는 기분마저 듭니다. 완성도가 높은 공간일수록 디테일 하나하나에 이유가 있는데요. 그걸 읽어내는 재미가 꽤 큽니다. 얼마 전 회사 건너편에 와인을 탭 — 일종의 수도꼭지 — 으로 따라 마시는 공간이 생겼습니다. 공간 자체가 굉장히 넓은데, 중앙에 큰 벽을 세우고 그곳에 프로젝터 3개(!)를 동시에 쏘아 베를린이나 런던 같은 도시의 영상을 차례로 틀고 있었어요. 벽 옆에 세워둔 대형 스피커에서는 재즈가 계속 흘러나오고요. 저 벽을 치우면 큰 테이블이 너댓 개는 더 들어갈 수 있고 그게 매출에는 훨씬 유리할 텐데, 굳이 그걸 포기하고 벽을 세워 영상을 트는 덴 분명 이유가 있겠죠?

공간 설계자의 관점에서 이 공간을 읽어봅니다. 매출에 손해는 좀 보겠지만 저 거대한 벽의 존재로 얻게 되는 이득이 훨씬 크다고 판단한 것 같아요. 벽에 투사한 영상엔 인물이 전혀 등장하지 않고, 하늘에서 바라본, 또는 누군가의 시점에서 본 도시의 모습을 계속 보여줍니다. 덕분에 손님들은 마치 자신이 낯선 도시에 도착해 와인을 마시는 느낌을 받겠네요. 설계자의 생각에 저도 동의합니다. 제가 이 공간을 사랑하게 된다면 아마 저 벽 때문일 듯합니다. 벽 뒤쪽엔 일자형 테이블을 대로변을 향해 놓고, 창을 바라보는 방향에만 의자를 놓았습니다. 자연스럽게 두 사람이 같은 곳을 바라보며 와인을 마시게 한 의도가 읽히네요. 손이 많이 간 공간이니 와인 리스트도 나쁘지 않겠어요. 어느새 저는 다음 달 팀 회식 장소를 고민하고 있네요. (웃음)

■ ■ ▪ ▫

누구나 자신만의 단단한 관점을 가진 사람이 되기를 원할 겁니다. 그 관점이 다양하고 유연하다면 더할 나위 없겠죠. 다양하고 유연한 관점을 갖기 위해 가장 좋은 방법은? 다양한 관점을 만나보는 것입니다. 그러니 시간이나 디테일에 대한 제 관점도 분명 도움이 되셨을 거라 믿어요.

관점을 풍부하게 만드는
팁

검색

나이를 먹을수록 '단단한' 관점을 갖는 건 쉽지만 '유연한' 관점은 어렵다는 걸 느낍니다. 저는 인생에 큰 욕심은 없지만, 앞으로도 계속해서 좋은 것을 보고 아름다운 것을 음미하며 살고 싶다는 욕심은 버리지 못하겠어요. 그러니 놓을 수 없는 가치는 '유연함'이죠. 세상은 점점 더 빠르게 변하는 중이니까요. 그래서 소소하게 실천하고 있는 것이 두 가지 있습니다.

첫 번째는 검색입니다. 그런데 검색을 좀 색다른 방식

으로 해보고 있어요. 요즘 앱으로 음악을 듣는 분들 많으시죠? 저도 그중 하나인데요. 음악 앱에서 노래 제목 대신 보편적인 단어를 검색해 보면, 그 단어에 대한 아티스트들의 수많은 해석을 만나볼 수 있습니다. 여기서 중요한 건 너무 구체적인 단어보다는 적당히 추상적이고, 또 여러 가지 감정을 떠올릴 여지가 있는 단어를 고르는 겁니다. 예를 들면 '고백'이나 '산책' 같은 단어죠.

'산책'을 검색하면 수많은 곡이 나옵니다. 제가 쓰는 앱에서 산책을 인기순으로 정렬해 보면 가장 위에 뜨는 건 백예린의 〈산책〉이네요. 다음은 래퍼 오반의 〈산책〉이고요. 리스트를 주욱 내려보면 크러쉬와 이한철, 쿨의 〈산책〉도 보입니다. 가장 인기 있는 곡에는 이유가 있겠죠? 저 역시 백예린의 〈산책〉을 좋아하는데, 더 좋아하는 버전은 그 곡의 원곡이에요. 소히라는 인디 가수가 2010년에 발매한 앨범에 수록된 〈산책〉은 백예린의 〈산책〉보다 훨씬 담백합니다.

한적한 밤 산책하다 보면
어김없이 생각나는 얼굴

반짝이는 별을 모아 그리는
그런 사람

정말 그리운, 좋아하는 사람 얼굴은 이상하게 선명하게 떠오르지 않아요. 더 정확하게 떠올리고 싶은 마음이 커서 오히려 선명하지 않은 기분이 드는 거라 생각합니다. 한적한 밤 산책하다 문득 보고 싶어서 반짝이는 별을 모아 그려본다니, 너무나 아름다운 표현이죠. 그리고 제가 가장 좋아하는 대목은 그다음에 등장합니다.

보고 싶어라 그리운 그 얼굴
물로 그린 그림처럼 사라지네
보고 싶어라 오늘도 그 사람을
떠올리려 산책을 하네

보고 싶은 얼굴이 물로 그린 그림처럼 사라진다니. 그 사람을 떠올리'려' 산책을 한다니. 저 마음은 대체 어떤 마음일까요? 이 노래는 어느 날 출근길에 처음 들었는데, '물로 그린 그림처럼 사라지네'라는 가사를 듣고는 너무 좋아 길 가다 마음이 쿵 내려앉는 기분이 들 정도였습니다.

가사에 일격을 당한 느낌이랄까요. 제가 글로 읽어본 가장 사랑스런 산책입니다.

이번엔 오반의 〈산책〉을 들어볼까요?

난 새벽을 자꾸 걸어요
우린 두 손을 잡고 걷네요
가는 곳이 있나요
나를 반겨줄까요
반짝거리는 이 도시를 다 외워도 왜 이리 낯선가요
참 멀리도 왔네요 아무렇지 않아요
우린 언제나 어디론가 떠나잖아요

이 산책은 훨씬 현실적인 산책이에요. 다행히 같이 걸어줄 사람은 있지만, 마땅히 갈 곳도, 반겨줄 이도 없는 도시를 걷습니다. 얼마나 이곳에 섞여들고 싶었으면 이 도시를 다 외우려 했을까요. 그러나 그 결과는 썩 만족스럽지 않아 보입니다. 그러니 할 수 있는 건 합리화죠. 이 정처 없는 산책이 아무렇지 않다고, 우린 늘 어디론가 떠나는 거라고 스스로를 위로합니다. 비슷한 감정을 저도 영국에서 유학할 때 경험한 적이 있어요. 12시간을 비행해 도착한 도시에서, 눈앞의 모든 것들은 다 엄청난 가능성처럼 보였어요. 모든 것이 달라 보였고, 그만큼 성장할 제 모습을 그려보는 것만으로도 가슴이 두근거렸습니다. 그러나 2년 정도의 시간이 흐르자, 오히려 이곳에서 내가 할 수 없는 일들이 명확해졌어요. 아무리 열심히 노력해도, 여기서 내가 주류는 될 수 없다는 감정을 떨쳐버릴 수 없었습니다. 오반의 '산책'은 그때의 제 마음을 떠올리게 하는 산책이네요.

세상엔 수많은 산책이 있죠. 보고 싶은 얼굴이 물로 그린 그림처럼 사라지는 그리움의 산책. 반겨주는 이 없는 도시의 막막한 새벽 산책. 틈틈이 이런 검색 한 번으로도 하나의 단어가 품을 수 있는 다양한 관점을 간접 경험할 수 있습니다.

점심

실은, 단어 검색보다 훨씬 더 관점을 풍부하게 하는 이벤트를 실천하고 있는데요. 바로 '점심'입니다. 검색은 잘 해봐야 활자, 또는 데이터와의 만남이잖아요? 점심은 짧은 시간 동안이지만 한 사람의 세상을 통째로 만나게 돼요.

　정신없이 바쁜 주간은 어쩔 수 없지만, 가능하면 일주일에 한 번 정도는 가끔씩 찾아오는 친구들, 후배들과 점심을 먹습니다. 어떤 바램도 목적도 없이 이야기를 나누다 보면, 세상에 별별 관점들이 다 있다는 걸 알게 돼요. 우리는 알게 모르게 눈앞의 세상만 보고, 세계가 오직 그것으로만 이루어져 있다고 생각할 때가 많잖아요. 런던에서 유학할 때 들은 표현인데, 이런 상황을 서양에서는 터널비전 Tunnel Vision이라 부르더군요.

　터널에 들어서면 보이는 것은 오직 터널과 소실점. 그 외에는 아무것도 보이지 않습니다. 하지만 어떤 점심은 터널에서 저를 꺼내 전혀 다른 각도에서 바라볼 기회를 줍니다. 터널 뷰가 아니라 전망대 뷰랄까요? 똑같은 세상을 사는데 저 사람은 어떻게 저 부분에서 저런 행복을 느끼나 새삼 놀랄 때가 많고, 그러다 보면 자연스럽게 내가 매달리고 있는 것이 전부는 아니라는 생각을 하게 돼요.

　얼마 전엔 회사를 다니면서 디제잉을 하고 있다는 후

배와 점심을 먹었습니다. 후배는 1시간 반 동안, 신사동에 있는 광고회사에서는 1년을 앉아 있어도 듣지 못할 디제이의 세계에 대해 한바탕 쏟아놓고 돌아갔습니다. 이야기를 나누다 보니 디제잉의 세계가 궁금해졌고, 인스타그램에서도 디제잉에 관련된 이야기가 나오면 올리던 스크롤을 잠시 멈추게 되었습니다. 그렇게 제 세계는 한 뼘 더 넓어진 거죠. 관심 밖의 영역이 하나 열린 셈이니 대단한 능력의 점심이죠? 카피라이터스럽게 이름을 붙이면 '해상도 점심'쯤 되겠군요.

■　■　·　·

'센서'와 '관점'은 세상에 흩어진 좋은 것, 아름다운 것, 사랑스러운 것을 잘 발견하는 데 필요한 미덕입니다. 다음 시간에는 그렇게 발견한 것들을 더 깊이 음미하는 일에 대해 이야기해 보겠습니다. 그중 첫 번째 주제는 '공부'에 관한 이야기인데요. 학창 시절, 내가 이걸 왜 하고 있나 싶던 악몽 같던 공부 말고, 내가 좋아하는 것이 더 좋아지고 맛있는 음식이 더 맛있어지는 공부 이야기를 해보겠습니다.

2부

음미

3 겹:

더 풍부하게
느끼게 해주는
필터

일을 시작한 지 길어야 5, 6년 된 것 같은데 어느새 20년이 넘었습니다. 카피라이터로 시작해 지금은 크리에이티브 디렉터로 일하고 있지만 여전히 제가 하는 가장 중요한 일은, 생각하고 그것을 쉽지만 흔치 않은 단어의 조합으로 바꾸는 일이에요.

광고는 분명 힘들지만 또 그만큼 매력이 넘치는 신기한 직업입니다. 저는 개인적으로 광고가 가져야 할 제1 능력은 유머나 재치가 아니라 브랜드의 문제 해결력이라고 생각해요. 브랜드가 처한 상황을 빠르게 이해하고, 지금

브랜드에 필요한 처방이 설득인지, 오해의 불식인지, 그동안 잘 쌓아놓은 이미지를 더 단단하게 만드는 것인지를 판단하는 것이 중요합니다. 그리고 그 처방을 소비자들이 편하게 받아들일 수 있도록 내놓아야겠죠. '당의'라는 말을 들어보셨나요? '설탕옷'이라는 뜻인데요. 영어로는 슈가코팅sugar coating이라고 하죠. 쓴 약도 삼키기 좋도록 얇게 설탕을 발라 당의정으로 내놓는 것처럼, 중요한 내용도 어렵지 않게, 보고 싶게 만들어야겠죠. 당연히 요즘 사람들이 흥미를 느끼는 방식으로요.

그래서 광고가 어렵습니다. 문제의 핵심을 파악하는 데는 통찰력이 필요합니다. 판단과 처방에는 내공이 필요하고요. 하지만 이것을 요즘 사람들이 좋아하는 방식으로 내놓기 위해서는, 내놓는 사람이 늘 업데이트되어 있어야 합니다. 트렌드에서 멀어지면 안 되고요. 내공과 트렌드. 멀찌감치 떨어져 있는 단어잖아요. 이 둘을 놓치지 않으려면 당연히 노력이 필요하죠. 그러니 광고가 어렵습니다.

그래서일까요? 이 일을 잘하는 동료들을 보면 공통점

이 있습니다. 잘하는 후배들, 오래도록 내공을 뿜내는 선배님들, 모두 똑같이 가지고 있는 특징인데요. 새로운 영역을 만나면 오히려 반짝이기 시작하는 눈빛입니다. 바꿔 말하면 '지적 호기심'이죠. OS패치가 자동 업데이트되는 스마트폰처럼, 이것은 계속해서 나를 업데이트해 줍니다. 게다가 지적 호기심은 생각의 깊이와 넓이에 동시에 작용해요. 계속해서 창의적인 생각을 하게 해주고, 무엇보다 인생의 해상도를 높여줍니다. 지금부터 그 이야기를 해볼게요.

공부

지적 호기심의 짝꿍은 무엇일까요? 저는 '공부'라고 생각합니다. 알고 싶으면? 그 마음을 참을 수 없으면? 우리는 본능적으로 더 많은 정보를 손에 넣기 위해 애쓰죠. 가장 극단적인 경우가 '연애'입니다. 사랑이 시작되면 내 주위의 모든 것들이 그 사람을 태그한 채 등장합니다. 노래 가사가 들리면? 기어이 가사 속에 그 사람을 집어넣어 봅니다. 맛있는 걸 먹으면 그 사람과 함께 먹는 장면을 떠올리죠. 그 사람이 보고 싶다는 영화 제목 하나를 알게 되면,

최선을 다해서 그 영화에 대해 알아봅니다. 검색은 기본이고, 주위에 영화 좀 안다는 사람에게 없던 변죽으로 카톡을 보내죠. 마음이 동해서 알아보고, 파고드는 것. 다른 말로 하면 공부 아닐까요?

하지만 우리는 어느새 '공부'라는 말만 들어도 주눅이 드는 어른으로 살고 있습니다. '이 나이에 공부를 하라고? 학생도 아닌데 굳이 왜…'라는 생각이 앞섭니다. 그건 아마 우리가 지구 위 그 어느 나라 사람들보다 많은 양의 공부를 해야만 했던 학창 시절에 질려버렸기 때문이겠죠. 승진 시험이나 운전면허 시험처럼 특별한 목적이 아니고서야 따로 시간을 내서 공부하는 건 어른답지 못하다는 생각마저 듭니다. 정말로 공부는 원하는 대학에 가면, 월급이 들어오기 시작하면 더 이상 필요하지 않은 걸까요?

겹

공부란 뭘까요? 시험 점수를 얻기 위한 기술적인 공부는 논외로 하면, 저는 공부의 본질은 겹을 얻는 것이라 생각합니다. 공부를 하면, 세상과 나 사이에 한 겹의 렌즈가 생기는 것 같아요. 그리고 그 렌즈를 끼운 순간, 전에는 보이지 않던 것들이 보이기 시작하죠.

예를 들어볼까요? 좋은 음식점에 가면 메뉴판에 이 음식이 어떤 재료로 만들어졌는지를 설명하는 한 줄이 붙어 있곤 합니다. 때에 따라선 셰프가 직접 나와 간단한 설명을 덧붙이는 경우도 있죠. 그리고 그 한 줄의 존재만으로, 음식의 맛은 놀랄 만큼 달라집니다.

제가 자주 가는 레스토랑 중에 자매 셰프가 요리하시는 '자매의 부엌'이라는 곳이 있습니다. 이곳은 셰프님의 '소금부심'이 대단하세요. 음식의 핵심은 소금이라며, 이 집 음식엔 소금과 천연 재료 외에는 다른 조미료를 넣지 않는다고 하십니다. 그러면서 얼마 전 소금을 떼러 전라도에 다녀온 이야기를 들려주셨어요.

"이게 저희가 쓰는 소금이에요. 한번 맛보시겠어요? 짠맛이 덜하고, 살짝 단맛이 나죠? 전남 신의도에서 만든 토판염이에요. 토판염이 뭐냐면요. 보통 천일염은 바닷물을 장판 위에서 말리잖아요? 토판염은 갯벌을 다져 만든 흙 위에서 말린 거예요. 보통 소금보다 몇 배나 비싸죠. 그래도 저희는 이 소금을 써요. 맛이 다르다는 걸 알게 된 다음부터는 다른 소금을 쓸 수가 없어요."

장판염이 아닌 토판염이라는 게 있다니. 제게 소금을 보는 '겹'이 하나 더 생기는 순간입니다. 그리고 그 겹은 제가 알고 있던 또 다른 겹에 더해집니다. 세계적으로 유명한 소금 중에 프랑스의 게랑드 소금이 있죠. 이 소금이 유명한 이유는 미네랄 함량이 월등하기 때문이란 기사를 읽은 적이 있습니다. 지적 호기심이 발동해 검색해 보니 게랑드 소금도 토판염이군요. 갯벌의 흙 위에서 채취한 소금이니 흙 속의 미네랄이 소금에 전해졌겠구나 짐작해 봅니다. 그렇다면 단골 식당의 소금도 못지않게 좋은 소금이겠네요.

토판염이라는 새로운 겹을 끼운 채로 음식을 먹어보니, 입속에서 조금 더 입체적인 소금 맛이 펼쳐지는 기분입니다. 그건 아마 그냥 꿀꺽 삼키던 음식을 이리저리 굴려보며 음미했기 때문이겠죠. 셰프님과 친해지다 보니 새우는 어떤 새우를 쓰는지, 고기는 어디서 어떻게 떼어오 는지 가끔 이야기해 주시는데, 설명을 듣고 나서 먹는 음 식 맛은 달라요. 아주 작은 정보 하나로도, 내 앞의 세계는 조금 더 구체적인 형태로 변합니다.

나이를 먹을수록, 처음 느끼는 짜릿함을 만날 가능성 은 줄어듭니다. 하지만 전보다 더 풍부한 삶을 살고 있구 나 느끼는 순간이 있는데요. 제철 과일을 더 잘 알고 즐기 는 순간입니다. 어렸을 땐 딸기면 딸기. 복숭아면 복숭아 였죠. 딸기에도 수많은 품종이 있고 딱딱이 복숭아와 짭 짤이 토마토를 먹을 수 있는 기간은 1년 중 몇 주밖에 안 된다는 사실은 알지 못했습니다. 요즘 저는 과일가게 아 저씨에게 묻기도 하고, 제철 과일을 골라 제안해 주는 앱 을 이용해 틈틈이 과일의 세계를 공부합니다. 늦가을이면 감홍[7]이라는 품종의 사과가 나오는 때를 기다렸다가 택 배로 받아 냉장고에 넣어두고는, 2~3주 정도 '감홍의 시 간'을 즐깁니다. 그리고 마지막 남은 감홍 한 조각을 먹으

---

7 감홍은 키우기 까다로운 품종이라 가격이 비싸지만, 한 알의 사과가 내줄 수 있 는 최대치의 맛을 선물합니다. 사과 맛을 조절하는 이퀄라이저가 있다면 단맛 과 신맛과 단단함을 모두 최대치로 올린 것 같은 맛이랍니다.

며 겨울을 맞이할 준비를 해요. 1년 내내 먹을 수 있는 사과가 아니라서 그 순간은 더 소중합니다. 곧 사라질 맛이기에 더 깊게 베어 물게 되죠. 자연이 정한 시간표에 따라 내어놓고 거둬가는, 한정판 같은 과일이라 생각하면 훨씬 맛있게 느껴져요. 마트에 가면 늘 있는 바나나를 대할 때와는 조금 다르게, 조금 더 경건하게 과도를 드는 제 모습을 발견합니다. 굳이 제철 사과를 골라 맛보는 수고만으로도 평평했던 계절이 입체적으로 바뀔 수 있다는 사실이 놀랍습니다.

알게 되면 보이기 시작하는 세상이 있습니다. 세계가 조금씩 자기를 드러내는 순간을 만나면, 입속에서 굴리던 석류알이 투둑 터지는 듯한 짜릿함을 느껴요. 한 겹의 지식만으로도 세계는 더 많은 매력을 내놓는 것만 같습니다. 그러니 저는 이런 합리적인 가설을 세워보는 중입니다. 여러 개의 겹을 가지고 있다면, 세상을 훨씬 더 풍부하게 살 수 있다고요.

지금부터는 살면서 쌓인 겹들 덕분에 전에는 보이지 않던 것들을 보게 된 경험을 몇 가지 이야기해 보겠습니다. 얼마 전 런던 여행을 즐겁게 해준 겹. 파리 출장을 행복하게 만든 겹. 일본 여행에서 혀를 즐겁게 해준 겹. 세 가지 겹 이야기를 한번 들어보세요.

■   ■   ■   ▪

런던이 더 사랑스러워지는
겹

먼저 다음 페이지의 사진을 보실까요?(그림 1) 장소는 영국 런던의 세인트폴 대성당입니다. 어떤 모양이 보이시나요? 제 나름의 겹들을 동원해 저 조각상에 담긴 이야기를 읽어보겠습니다.

저는 저 돌덩어리가 모자상으로 보입니다. 성모 마리아가 아기 예수를 안고 있는 모자상 말이죠. 유럽 여행을 가면, 그 도시의 내공을 한곳에 모은 가장 아름답고 거대한 건물은 대성당^{cathedral}인 경우가 많습니다. 유럽 문화의 전성기엔 사회 구조의 정점에 종교 — 카톨릭 — 가 있었

세인트폴 대성당의 조각상

그림 1

으니까요. 대성당 안으로 들어가면 흔히 볼 수 있는 것이 성모와 예수가 함께 등장하는 그림 또는 조각상입니다. 그렇다면 가장 유명한 모자상은? 〈피에타^{Pietà}〉겠죠. 교황이 살고 있는 바티칸의 성 베드로 대성당에 가면, 입구에서 멀지 않은 곳에 슬픔에 잠긴 표정의 성모가 십자가에서 내려와 축 늘어진 예수를 안고 있는 모자상을 볼 수 있는데요. 이것이 미켈란젤로^{Michelangelo}의 걸작 〈피에타〉입니다.

다시 제가 찍은 세인트폴 대성당의 조각상을 봐주세요. 설명을 듣고 보니 모자상이 맞는 것 같죠? 세인트폴 대성당은 런던의 중심부에 위치한, 영국을 대표하는 랜드마크 중 하나입니다. 우리가 잘 아는 다이애나비와 찰스 황태자가 결혼식을 올린 곳이에요. 개인적으로 느끼는 런던의 가장 큰 매력은 도시의 가장 근엄한 공간에 아무렇지 않게 저런 모던한 조각상을 툭 가져다 놓는 감각 같습니다. 세인트폴은 20여 년 전 유학생 신분으로 막 영국에 도착했을 때도 들렀습니다. 하지만 당시엔 저 조각상이 눈에 들어오지 않았고, 봤더라도 이런 감정을 느끼진 못했을 겁니다. 영국이 어떤 나라인지를 이해하게 된 2년의 시간 덕분에, 세인트폴을 보는 해상도가 살짝 올라간 거겠죠. 바

바티칸 대성당의 입구에 놓인 미켈란젤로의 걸작, 〈피에타 Pietà〉

그림 2

티칸 대성당의 성모와 예수상이 정석이라면, 그 정석을 재해석해서 미니멀한 형태로 내놓는 데는 상당한 내공이 필요합니다. 작가의 감각과 그 작품을 저곳에 놓겠다는 종교계의 용감한 판단과 그 판단을 존중하는 사회. 이 세 가지 요소가 다 필요한 거잖아요?

한때 해가 지지 않는 나라로 불리던 대영제국의 존재감은 줄었지만, 비틀스^{The Beatles}나 퀸^{Queen} 같은 세계적인 스타를 계속해서 배출해 내는 영국이라는 나라에 깔린 문화적인 자신감과 특유의 위트가 읽혔습니다. 그러고 보니 2000년의 초입, 저에게 런던 유학을 결심하게 만든 한 기사의 헤드라인이 떠오르네요.

런던. 가장 전통적인, 그리고 가장 급진적인 도시.

오랜만에 들른 런던에선 모자상에 담긴 것과 같은 위트와 감각을 곳곳에서 만날 수 있었습니다. 이번엔 내셔널 갤러리로 가볼까요? 내셔널 갤러리는 런던의 중심인 트라팔가 스퀘어에 위치한, 세계적인 규모의 미술관입니다. 소장하고 있는 그림만 2,300여 종에, 고흐^{Vincent van}

Gogh의 〈해바라기^{Sunflowers}〉처럼 우리가 미술 시간에 배운 명화들을 쉽게 만날 수 있는 공간임에도 불구하고 입장료를 받지 않습니다. 영국은 예술의 민주화라는 기치 아래 국가 소유의 미술관은 모두 무료거든요. 직장을 그만두고 학생의 신분으로 돌아가 도착한 타국에서, 돈 걱정 없이 아무 때나 들를 수 있는 내셔널 갤러리 같은 장소는 얼마나 소중했던지요.

내셔널 갤러리가 위치한 트라팔가 광장에는 4개의 대좌^{Plinth}가 있습니다. 대좌는 우리가 흔히 쓰는 단어는 아닌데, 동상을 올려놓는 자리라고 보시면 됩니다. 광장에서 갤러리를 바라보았을 때, 왼쪽의 대좌는 영웅의 동상이 아니라 현대 미술 작품을 위한 공간으로 활용되고 있어요. 이를 '네 번째 대좌 프로젝트$^{\text{4th Plinth Project}}$'라고 부릅니다.

2005년, 제가 유학하던 당시 이곳에 설치된 미술 작품은 장애인 여성의 당당한 누드상이었습니다. 그때 받았던 충격이 아직도 생생합니다. 우리로 치면 이순신 장군 정도의 위상을 가진 넬슨$^{\text{Horatio Nelson}}$ 제독의 동상이 우뚝 서 있는 광장에, 주로 전쟁에서 이긴 백인 남성들의 동상을 세우는 대좌 위에, 심각한 장애를 가졌지만 자존을 잃지 않는 여성이 턱을 살짝 치켜들고 있는 전신상이라니. 도시의 가장 권위적인 공간에, 그 권위가 일방적인 것은 아닌지를 묻는 작품을 두겠다는 생각이 멋졌어요.

그리고 십여 년 만에 다시 내셔널 갤러리로 가는 길, 내심 2022년의 네 번째 대좌 위에는 무엇이 올려져 있을지 기대되었습니다. 두근거리는 마음으로 내셔널 갤러리에 도착해 내려다본 대좌 위에는, 거대한 휘핑크림 위에 체리가 올라간 설치 미술 작품이 놓여 있었습니다. 아슬아슬하게 기울어져 있는 크림 옆에는 거대한 파리 한 마리가 앉아 있었고요. 가끔 예술작품들을 보면 아주 작은 물체를 엄청나게 크게 키워 그 이질감으로 메시지를 전하는 작품들이 있잖아요? 그런 의도의 작품인가 싶어 '무슨 뜻인지 모르겠지만 귀엽네' 하는 마음으로 계속 보는데, 체리 옆에 또 다른 시커먼 물체가 매달려 있네요. 또 다른 파리인가 자세히 보니, 놀랍게도 그것은 '드론'이었습니다.[8]

---

8 헤더 필립슨Heather Philipson의 〈끝 The End〉을 검색해 보시면 여러 각도에서 찍은 작품을 감상하실 수 있습니다.

내셔널 갤러리 앞의 네 번째 대좌 프로젝트 작품, 〈끝 The End〉

그림 3

가장 현대적인 비행체인 드론을 성가신 파리와 같은 선상에 놓다니. 위트가 넘치네요. 당시의 저는 개인의 프라이버시를 무시한 채 쓰레기 같은 뉴스를 양산하는 미디어를 파리에 비유한 건 아닐까 생각했습니다. 한국에 돌아와 자료를 찾아보니 작가는 디스토피아적인 현대 문명을 풍자하기 위해 이 작품을 만들었다고 합니다. 그래서 작품 제목도 〈끝〉이라는군요. 아무렴 어떤가요. 작가의 손을 떠난 순간, 해석은 온전히 감상자의 몫인 것이 현대 미술인걸요. 제가 느낀 작품의 가장 큰 매력은 저 작품이 놓인 맥락이었어요. 고전 중의 고전을 모은 보물창고 같은 장소인 내셔널 갤러리 앞에, 가장 급진적인 미술 작품을 놓아두겠다는 그 시도가 런던의 정신이라 생각했습니다. 세인트폴 대성당의 모자상과 내셔널 갤러리 앞의 휘핑크림을 보며 런던이라는 도시를 꿰뚫는 매력을 떠올려볼 수 있었던 것 또한, 분명 제 안에 쌓여 있던 이 도시에 대한 '겹' 때문이었겠죠.

파리 출장을 행복하게 만든
겹

공부 덕분에 만난 해상도 높은 하루를 하나 더 소개해 보 겠습니다. 지난 3월, 항공사의 광고를 찍으러 파리에 가게 되었어요. 광고 일을 하다 보면 해외 촬영을 나갈 일이 가 끔 생기는데요. 30초에서 1분 정도 되는 영상을 찍으러 5 일가량을 나갔다 오는 선배들의 모습을 보며, 광고 초년 병 시절의 저는 해촬 — 해외 촬영의 줄임말 — 가면 찍을 것만 얼른 찍고 남은 시간을 놀다 오는 줄 알았어요. 30초 를 위한 5일이라니, 누군들 그렇게 생각하지 않겠어요?

그런데 해촬의 책임자가 되어 보니 결코 만만한 일이 아니었습니다. 국내 촬영에 비해 훨씬 큰 비용이 들고, 스 탭들은 한국의 인력만큼 빠릿빠릿하지 않으며, 촬영 현장 의 변수에 대응하기가 쉽지 않고, 제대로 된 결과물이 나 오지 않으면 어쩌나 하는 압박감도 컸습니다. '이거 찍으 려고 몇 억을 썼어?' 같은 비난을 듣기 딱 좋은 게 해외 촬 영이죠. 그래서 촬영지에 도착하면 반드시 현지에서 프로 덕션 미팅을 한 번 더 하고, 변수를 줄이기 위해 국내 현장보다 조금 더 긴장한 상태로 촬영에 임합니다.

그러니 스탭들이 4~5일 동안 쌓인 긴장을 풀고 편안하게 그 도시를 돌아보는 건 대체로 촬영의 마지막 날, 귀국하는 비행기를 기다리며 남는 반나절 정도의 시간이에요. 삼삼오오 스탭들이 각자 가보고 싶었던 장소로 흩어진 그날 아침, 저는 오르세 미술관에 들렀습니다. 파리 여행은 2005년 겨울이 마지막이었고, 당시의 오르세가 정말 좋았던 기억이 났거든요.

새로운 장소에 가는 여행 못지않게 멋진 여행은, 과거에 사랑했던 여행지를 시간이 흐른 뒤 다시 한번 가보는 것이라는 문장을 본 적이 있습니다. 시간이 흘러 같은 장소를 가면, 그곳은 별로 달라지지 않았지만 나는 변했을 경우가 많죠. 예전엔 할 수 없던 주문을 하고, 볼 수 없던 것을 보고, 반대로 할 수 있던 것들이 불가능해지는 경험을 하며 시간의 흐름을 곱씹게 됩니다. 공간을 보러 가지만 달라진 나를 보고 오는 셈이죠.

말하자면 그날의 오르세 미술관도 그런 종류의 여행

지였습니다. 일을 생각할 필요도, 한국에 돌아가면 펼쳐질 온갖 대소사를 생각할 필요도 없이 주어진 4시간은 그야말로 선물처럼 느껴졌어요. 입구 앞 길게 늘어선 줄을 서고, 줄이 길다고 투덜대는 미국인과 짧은 영어로 대화하고, 2005년 겨울의 저와 아내처럼 센강의 찬바람을 맞으며 두 뺨이 불긋해진 한국인 커플을 따뜻한 눈빛으로 바라봤습니다. 어느새 20년 가까운 시간이 흘렀다니 믿기지 않습니다. 그 세월이 두고 간 고통과 기쁨들이 떠오르네요. 그리고 잠시 후, 한때는 기차역이었던 미술관의 문이 열립니다.

좋아했지만 애써 눌러두었던 마음들이 자꾸 올라옵니다. 그림 하나하나 더 오래 보고 싶은 마음과 얼른 다른 층으로 가서 좋아하던 그림을 맘껏 보고 싶은 마음이 충돌합니다. 그림의 라인업은 거의 그대로예요. 그러니 나라는 사람도 전과 같지 않은가 착각하게 됩니다. 그런데 뭔가 달라요. 전시실들을 통과하며 걷다 보니 '저런 그림이 있었나?' 싶은 그림들이 눈에 들어옵니다. 서양화가의 것이라기엔 묘한 구도의 그림들이에요. 다음 그림들을 보실까요?

피에르 보나르, 〈모래성을 만드는 아이 L'Enfant au pâté de sable〉, 1894
©RMN-Grand Palais (Musée d'Orsay), Hervé Lewandowski

그림 4

피에르 보나르, 〈정원의 여인들 Femmes au jardin〉, 1891

그림 5

그림 4와 5는 모두 '최후의 인상주의 화가'라는 별명을 가졌던 피에르 보나르Pierre Bonnard의 작품입니다. 그중에서도 그림 4는 여백을 과감하게 활용하고, 수묵담채화를 떠올리게 하는 색을 주로 써서 동양적인 느낌이 강한데요. 인상파의 탄생에 일본의 우키요에가 영향을 미쳤다는 것은 잘 알려진 사실이지요. 17세기 일본이 유럽에 도자기를 수출하면서, 그 도자기를 포장한 종이에 인쇄되어 있던 판화인 우키요에가 서양 미술계에 충격을 주었다고 합니다. 판화에 최적화된 그림이라서 색감이 강렬하고, 원근법이 잘 지켜지지 않은 경우가 많으며, 요즘의 만화처럼 윤곽선이 뚜렷한 스케치가 특징이죠(그림 6, 7). 당시 프랑스 화가들의 입장에서 한번 생각해 보세요. 일본에서 수입한 도자기를 받았는데, 포장지를 펼쳤더니 전혀 새로운 문법의 그림들이 있는 겁니다. 얼마나 충격적이었겠어요. 일단 눈으로 본 뒤로는 '그림은 이래야 한다'는 생각에 조금씩 균열이 생겼을 겁니다. 빛은 작은 틈으로 들어와도 온 방을 밝게 만드는 법이죠. 예술가의 영혼을 가진 이에게 한번 내면에 생긴 균열을 모른 체하기란 불가능에 가깝습니다.

인상파가 하늘에서 뚝 떨어진 화파가 아니라는 사실

가츠시카 호쿠사이 葛飾北斎,
《후가쿠 36경富嶽三十六景》 중 〈카나가와 해변의 높은 파도 아래神奈川沖浪裏〉, 1831

그림 6

가츠시카 호쿠사이,
《후가쿠 36경》 중 〈붉은 후지산赤富士〉, 1832

그림 7

은 그동안 읽어온 책들을 통해 알고 있었죠. 하지만 미술관 복도의 피에르 보나르의 그림을 보며 눈으로 확인하는 기분은 또 달랐습니다. 인상파의 화풍이 형성되는 과정에서 정말로 전혀 다른 문화권으로부터의 자극이 있었다는 것을요. 인상파에 대한 '겹'이 없던 2005년에는 있는 줄도 모르고 지나쳤던 그림이었습니다. 존재했지만 내게 말을 걸지 않았던 그림들과 조금씩 말을 트는 기분은 꽤나 근사했어요. 말하자면 저는 '오르세'라는 텍스트를 조금 더 명확하게 이해할 수 있게 된 거죠. 뿌듯한 마음에서 출발한 경쾌해진 발걸음으로, 미술관의 맨 위층으로 향했습니다.

20대의 모네와
60대의 모네

오르세 미술관 5층엔 대중들에게 큰 사랑을 받는 작가들의 그림이 모여 있습니다. 그중 모네$^{Claude Monet}$의 그림이 눈에 들어오네요. 우리에게 잘 알려진 모네의 대표작은《수련》연작이죠. 사물의 실제 형상이 아니라 인상

클로드 모네, 〈해 지는 베퇴유 Vétheuil, soleil couchant〉, 1900

그림 8

클로드 모네, 〈정원의 여인들 Femmes au Jardin〉, 1866

그림 9

클로드 모네, 〈트루빌, 로슈 누아 호텔 L'Hotel des Roches Noires Trouville〉, 1870

그림 10

impression을 그린다는 인상파impressionism의 대표 작가답게, 모네의 그림을 보면 그가 그림을 그리는 순간 눈앞에 놓인 사물이 '그의 눈에 이런 식으로 비쳤겠구나'를 떠올리게 됩니다. 〈해 지는 베퇴유〉(그림 8)를 한번 보세요. 모네가 60세에 그린 그림입니다. 우리에게 익숙한 모네의 그림들처럼, 보이는 모든 것을 그리지 않고, 순간의 인상을 그립니다. 형체는 과감히 생략하고, 색감 또한 객관적인 실체라기보다는 주관적인 인상에 가깝죠?

하지만 5층으로 가는 길, 우리가 흔히 '모네'라고 인지하는 그림과는 다른 그림들을 발견하고는 사진을 찍어두었어요. 〈정원의 여인들〉(그림 9)을 보세요. 스물여섯의 모네가 그린 그림입니다. 구도도, 인물의 형태도 말년의 그림에 비해서는 훨씬 사실적이죠? 이 그림 근처에는 4년 후, 서른 살의 모네가 그린 다른 그림(그림 10)이 전시되어 있었습니다. 남프랑스 특유의 강렬한 햇살 아래 모네 특유의 붓 터치가 보이지만 60대의 모네보다는 20대 모네의 그림에 더 가깝네요. 제게는 20대의 모네가 자신의 화풍을 완성하는 중간 단계로 보였습니다. 예전에 마드리드에서 피카소의 20대 시절 그림을 본 적이 있는데 비슷한 인상을 받았어요. 대부분의 화가는 자신의 것을 완성하기 전에 사실을 충실히 묘사하는 단계를 거쳐요. 자신만의 고유한 색깔이 하늘에서 뚝 떨어지지 않는 겁니다.

오르세에서 돌아오는 길, 이제는 제법 연차가 쌓인 카피라이터인 저를 돌아보게 되었어요.

'지금 내가 그나마 글로 밥을 벌어먹고 살 수 있게 된 것도, 일을 막 배우던 시절부터 선배들의 좋은 카피를 간절하게 따라 쓰고 필사한 시간들 덕분이구나.'
'온전한 자신만의 무엇은 반드시 그 분야의 기본을 견고히 다진 후에야 찾아오는구나.'
'인상파의 거인의 스무 살과 예순 살 무렵 작품을 보니, 내 생각이 틀리지 않았구나.'

한국에 돌아가면, 자신의 것이 없는 것 같아 고민이라는 후배들에게 들려줄 에피소드가 하나 생긴 것 같아 뿌듯한 마음으로 숙소로 향했습니다.

돈가스가 더 맛있어지는
겹

미술 얘기를 오래 했으니 이젠 먹는 이야기를 해볼까요? 이번엔 돈가스 이야기입니다. 돈가스가 많은 일본인에게 소울푸드라는 사실, 알고 계셨나요? 그런데 그게 그냥 맛 때문만은 아닙니다.

놀랍게도 일본은 7세기 중반부터 정치적인 이유로 육식을 금했습니다. 39대 덴지 천황의 장남을 몰아내고 천황의 자리에 오른 40대 덴무 천황은, 순조롭게 왕위에 오르지 못한 권력자들이 그러하듯 기성 세력들을 몰아내고 중앙집권을 강화하기 위한 장치가 필요했나 봅니다. 그는 불교를 정치 이념으로 강하게 내세우며 기존의 도래인[9]을 몰아냅니다. 그 과정에서 고기, 그중에서도 네 발 달린 포유류를 먹는 것을 엄격히 금지하고, 고기를 먹으면 먼 섬으로 귀양을 보낼 정도로 강력히 처벌했습니다.[10]

---

9 5~6세기에 일본으로 건너간 한반도 사람을 말합니다.

10 『소환행하는 고양이: 새로운 일본의 이해』, 정순분, 소명출판. 돈가스의 탄생에 관한 역사적 사실에 대한 부분은 주로 이 책을 참고했습니다.

그리고 이 육식 금지령은 19세기 중반 메이지 유신 시기에 이르러서야 해제됩니다. 그러니 무려 1,200년 동안 일본인들의 주 단백질 섭취원은 생선이었던 거죠. 채소와 생선 위주의 식단에 익숙해져 있다가 갑자기 고기를 먹기란 쉽지 않았을 겁니다. 함께 일하는 팀원 중에 고기를 먹지 않는 친구가 있는데, 일단 고기를 먹지 않기 시작하면 우리가 매일 먹는 음식들에 섞인 육향이 굉장히 강하게 느껴진다고 해요.

익숙하지 않은 고기를 다시 요리해 먹기 위해 일본인들은 다양한 방법을 시도합니다. 소고기는 전골로, 그리고 얇게 저민 스키야키로 먹기 시작했죠. 그리고 육식이 해금된 지 60년 만에 돼지고기를 먹기 위한 방법이 등장합니다. 서양의 커틀릿을 일본식으로 해석한 '돈가스'인 거죠. 빵가루를 입혀 높은 온도에서 빠르게 튀겨 누린내를 없애고, 양배추를 곁들여 느끼함을 잡아줍니다. 포크가 아닌 젓가락으로 집어서 특유의 소스에 찍어 먹습니다.

한번 상상해 볼까요? 1,000년이 넘도록 고기를 요리해 먹지 않던 사람들이 돈가스를 먹게 된 순간을. 얼마나 충격적인 음식이었을까요? 사실 기름에 튀기고 소스에 찍어 먹으면 어지간해선 다 맛있잖아요? '튀기면 신발도 맛있다'라는 말이 있을 정도죠. 얇게 썬 돼지고기를 소금과 후추 간을 해서 빠르게 튀겨내 양배추와 함께 먹는다. 이전혀 새로운 조합을 통해 일본인들은 돼지고기의 맛에 눈을 뜨게 됩니다. 우리가 무엇에 눈을 뜨면, 눈을 뜨게 만든 그것을 잊기란 쉽지 않죠. 게다가 돈카츠(일본식 발음)의 '카츠'는 '이기다'라는 뜻의 일본어와 발음이 같습니다. 우리가 중요한 시험 전에 찹쌀떡을 먹고 엿을 선물하듯 일본에선 시험 전날 돈가스를 먹는다고 해요.

사랑받는 음식이라서일까요. 일본에 가면 돈가스에도 수많은 버전이 존재합니다. 우리 김치에도 셀 수 없는 버전이 존재하는 것과 같은 이치겠죠. 일본의 지역 돈가스집에 가면 그 지역에서 나는 돼지고기로 만든 스페셜 돈가스를 흔하게 찾아볼 수 있습니다. 소스도 조리법도 다양하죠. 뿌리는 소스를 미소된장으로 만든 '야바톤' 돈가스는 나고야의 명물입니다. 후쿠오카의 한 골목에서 만난 돈가스집에선 저온의 기름에 오래 튀겨 튀김옷이 거의 흰색에 가까운 돈가스를 맛본 적이 있어요. 맛도 담백하고 슴슴해

후쿠오카의 저온 40분 튀김 돈가스.
튀김옷의 색이 우리가 흔히 먹는 돈가스의 그것보다 훨씬 옅습니다.

그림 11

서 우리 냉면으로 치면 평양냉면 같은 맛이라 할 만했는데
요. 주인장이 추구하는 그 조리법을 위해 무려 40분의 조
리 시간이 필요하고, 조리 시간이 오래 걸린다는 경고문이
여기저기 붙어 있음에도 불구하고 다들 경건하게 자리에
앉아 각자의 할 일 — 책 읽기, 스마트폰 보기 — 을 하며
돈가스를 기다리는 모습이 인상적이었습니다.

이 모든 이야기를 머릿속에 담고, 돼지고기를 1,200
년 만에 맛보게 된 당시의 일본인들을 상상하며, 알고 계
신 가장 괜찮은 돈가스집에서 얇게 썬 양배추를 곁들인
돈가스를 한 점 먹어보세요. 분명 지금까지 맛보던 돈가
스와는 조금 다른 맛이 느껴지실 겁니다. 조금 더 풍부하
고 입체적인, 해상도가 살짝 올라간 맛이랄까요?

■　■　■　■

틈틈이 겹을 덧대는
삶

미술관에 가는 걸 좋아하지만, 미리 도슨트 투어를 예약해서 따라다니며 관람하는 편은 아닙니다. 제 페이스대로 보는 걸 좋아하기 때문인데요. 하지만 나름의 동선으로 미술관을 돌다가 우연히 주변에 계신 도슨트의 설명이 들릴 때가 있어요. 그럴 때면 도슨트의 설명과 함께 눈앞의 작품에서 갑자기 정보가 쏟아져 나오는 듯한 느낌이 듭니다. 몇 가지 정보와 관전 포인트가 더해졌을 뿐인데도요.

틈틈이 겹을 덧대는 삶이란, 살면서 만나는 수많은 순간 중에 가끔씩 남들은 보지 못하는 채도의 아름다움을 만나는 삶이란 생각이 듭니다. 내 옆에 잠깐 스페셜 도슨트가 등장해서 짤막한 설명을 곁들여 주는 거죠. "이 커피의 산미 뒤에는 자두향이 납니다. 일찍 따서 가공한 원두라 살짝 풋풋한 느낌도 있어요." "저 화분의 식물은 산소를 많이 내뿜어요. 방금 보신 나무는 쌀밥 같은 꽃이 피어서 이름이 이팝나무랍니다."

그래서 습관처럼 틈틈이, 겹을 장착하려고 합니다. 겹이 능력을 발휘하는 순간이 언제 올지 모르니까요. 겹을 더하는 방식이 꼭 책일 필요는 없습니다. 유튜브와 책의 대결에선 늘 책의 손을 들어주는 편이지만, 겹의 영역에서는 유튜브도 충분히 훌륭하다고 생각합니다. 종잡을 수 없고, 지루하지 않잖아요. 그리고 겹을 더할 때, 그것이 꼭 대단한 정보일 필요도 없습니다. 예전에 우연히 접하고는 적어두고 틈틈이 들여다보는 문장이 있는데요.

頭頭是道 物物全眞
두두시도 물물전진

선가禪家의 말입니다. 두두시도. 머리 하나하나가 곧 도이고. 물물전진. 사물 하나하나가 전부 진리이다. '진리가 대단한 곳에 있는 것이 아니다. 존재하는 모든 것들에 나름의 방식으로 담겨 있다'는 이야기인데, 볼수록 인생의 진리라는 생각이 듭니다. 전자현미경으로 원자의 구조를 들여다보면 핵을 중심으로 전자가 돌고 있는 모습이 그야말로 작은 우주죠. 들여다보면 작은 것에도 느끼고 깨달을 것들이 숨어 있습니다. 살아보니 의외로 쓸모없는 정보란 없더군요. 무용한 것을 사랑스럽게 보는 눈에서 의외로 놀라운 세계가 포착돼요. 쓸모없음을 미리 판단하지 말고 꾸준히 세계를 사랑스런 눈으로 탐구해 보세요. 그러다 보면 똑같은 정원을 거닐어도 더 많은 이야기를 들려주는 지혜로운 할머니 할아버지처럼 나이 들 수 있지 않을까요?

겹을 덧대는 데 유용한 팁을 하나 알려드릴까요? 시간이 날 때, 내가 좋아하는 영역을 골라 한 계단만 아래로 내려가 보세요. 과일 중에 딸기를 좋아하신다면, 어느 날 딸기 카테고리에서 한 칸만 더 내려가 보는 겁니다. 마트에서 딸기 매대 앞에 섰다면 어떤 품종인지를 눈여겨보세요. 놀랍게도, 그 시도만으로도 딸기는 우리에게 매우 구체적인 이야기를 들려주기 시작합니다.

죽향 딸기는 당도가 높고 단단합니다. 그러니 오래 보관해도 무르지 않죠. 맛있고 오래 보관할 수 있다면 당연히 값도 비싸겠죠? 설향 딸기는 과즙이 많고 상큼하고 부드러워요. 부드럽다는 얘기는 잘못 보관하면 금방 물러진다는 얘기입니다. 그러니까 빨리 드셔야 해요. 한때는 육보라는 품종을 굉장히 좋아했었는데, 일본에 로열티를 지불하게 되면서 요즘 시장에서는 찾기가 쉽지 않다고 들었습니다. 대체로 딸기는 반으로 가르면 속이 하얗죠? 육보 딸기는 속이 온통 붉을 정도로 색이 강렬하고 즙이 굉장히 많습니다. 투명 플라스틱 상자에 얌전히 들어 있는 요즘의 딸기들을 먹다가 스티로폼 박스에 담긴 육보 딸기를 꺼내 먹으면 뭔가 더 원초적인 딸기를 맛보는 기분입니다. 공부 잘하는 아이들이 모인 반에 피지컬이 남다른 운동부 아이가 앉아 있는 느낌이랄까요? 딸기 하나에도 이렇게나 많은 이야깃거리가 숨어 있습니다. 세상엔 얼마나 많은 이야기가 우리의 발견을 기다리고 있을까요?

문에서 문으로의
여정

가끔은 이런 생각을 합니다. 한 사람의 지적 영역은 결국 문에서 문으로의 여정을 통해 넓어진다고요. 무슨 말이냐고요? 이렇게 가정해 봅시다. 우리는 각자의 생각의 방에 들어 있어요. 그 방을 둘러싼 건 수많은 문입니다. 문의 종류는 굉장히 다양해요. 그림의 문. 요리의 문. 수학의 문. 상상할 수 있는 숫자만큼 많은 문이 있겠죠. 어느 문이든 그 문을 열고 들어가면 정말이지 새로운 경험들이 쏟아져 들어옵니다. 그리고 그 방에 익숙해질 쯤이면 주위에 나를 둘러싼 또 다른 문들이 있다는 사실을 알게 돼요.

예를 들면 이런 식이죠. 어느 날 이유 없이 그림의 세계가 궁금해집니다. 그림의 문을 열고 들어가 봅니다. 그림에 관한 이런저런 책들을 읽고 정보를 찾다 보니 직접 내 눈으로 그림들을 보고 싶어지네요. 미술관의 문을 열고 들어가 봅니다. 미술관은 어렵고 고상한 공간인 줄만 알았는데 생각처럼 두려운 장소가 아니란 걸 알게 됩니다. 그러다 예를 들어, 고흐의 팬이 됩니다. 세계 곳곳에 있는 고흐의 그림들이 보고 싶어지네요. 여행의 문을 열게 됩니다. 여행을 다니다 보니… 어라, 도시마다 맥주 맛이 다 다르네요? 맥주의 문을 열게 됩니다.

우리들의 지적 영역은 문에서 문으로의 여정인지도 모릅니다. 사실 문을 열었는지, 열지 못했는지도 그리 중요하지 않아요. 끝내 열지 못했어도, 문 앞에서 머뭇거린 사람 앞엔 또 다른 문들이 기다리고 있으니까요. 그렇게 문을 열고 나아가다 뒤돌아보면, 내가 처음 문을 연 곳에서는 상상할 수도 없는 장소에 서 있는 나를 발견하게 될 거예요. 이것이 제 '문' 이론입니다. 그럴 듯한가요? (웃음)

문을 통한 이동, 그를 통한 지적 영역의 확장. 팁을 하나 알려드릴까요? 문 앞에서 너무 주저할 필요 없다는 것. 원래부터 열리지 않는 문이 많으니 열지 못했다고 창피해할 필요가 없다는 것. 게다가 열린 문 너머의 공간은 생각했던 것처럼 두렵지는 않다는 것. 그러니 뚜렷한 목표가 없어도, 결과가 예측되지 않아도 눈앞의 문을 열어보세요. 그것이 나의 세계를 확장해 주고, 눈앞의 세상을 선명하게 만드는 겹이 되어 남습니다.

■ ■ ▪ ▫

나이가 들수록 식물에 관심이 생기는 건 동서고금의 진리 아닐까요? 제 주위엔 그 또는 그녀가 대학생이던 시절부터 알고 지내다 이제 각 분야에서 중요한 역할을 맡게 된 후배들이 많은데요. 이 친구들이 나이를 먹으면서 자주 들려주는 이야기가 있습니다 "꽃이 이렇게 예쁜지 몰랐어요", "식물이 이렇게 사랑스러운지 몰랐어요", "봄에 왜 꽃구경을 가는지 이제야 이해되기 시작했어요"라고 말이죠.

이 진리는 저한테도 적용되는 중이에요. 어릴 적엔 그냥 '녹색이네?' 하며 지나가던 식물들이 계절별로 변화하는 모습이 그렇게 신기해요. 긴 겨울을 견디며 조금씩 통통해지는 겨울눈을 보면 대견합니다. 3월, 기다리던 아이가 태어나듯 모두의 사랑스런 시선을 받으며 움튼, 아기 손바닥 같은 이파리들의 형광빛 초록색을 보면 탄성이 절로 나옵니다. (쓸데없는 생각이 전공인 저는 팬톤 컬러차트에서 비슷한 색이 있다면 넘버가 무엇일까를 진지하게 고민할 때가 있습니다.) 게다가 살면서 제 안에 쌓인 겹들 덕분에 매년 봄이 점점 더 재미있어지는 중이에요.

공원에 피어난 벚꽃은 누구나 알아보는 슈퍼스타죠. 등장하고 퇴장하는 모든 장면이 아름다우니 주변의 모든 관객의 감정을 이입시킵니다. 하지만 오가는 출퇴근길에 생각보다 많은 씬스틸러scene stealer들이 있어요. 벚꽃이 피

그림 12

기 몇 주 전에 피는 건 **매화나무**의 꽃입니다. 벚꽃과 꼭 닮은 꽃을 피우는 살구나무도 있어요. **살구나무**에 핀 꽃은 벚꽃과 정말 비슷해서, 전문가들도 열매가 열린 다음에야 알아본다는 말이 있을 정도라네요. 여름에 100일 정도 분홍빛 꽃을 피운다 하여 백일홍이라 불리는, 줄기가 맨들맨들한 나무는 **배롱나무**입니다.

혹시 **산딸나무**를 아시나요? 저는 산딸나무라는 '겹'을 장착한 뒤로, 주위에 은근히 산딸나무가 많다는 사실에 놀라고 있는데요. 산딸나무 꽃은 5월에 피고, 한번 보면 잊혀지지 않을 만큼 특이한 형태의 흰 꽃을 피웁니다. 제 눈엔 닌자가 던지는 표창 같아요. 산딸나무가 들으면 서운할 소리일까요? 다른 꽃들이 입체라면, 산딸나무의 꽃은 패턴 같습니다. 그렇게 보이지 않나요? 알게 되니 보이고, 보인 뒤론 더 다정한 눈빛으로 보게 됩니다. 해상도의 순기능이네요.

어느 날 후배와 같이 점심을 먹다가 **이팝나무**를 보았어요.

"저 나무 이름이 왜 이팝나무인지 알아? 쌀밥 같은 꽃이 피어서 이팝나무래."

그러자 미식에 조예가 깊은 후배가 대답합니다.

"음, 그럼 저건 우리가 먹는 보통 쌀이 아니라 안남미 같은 장립종이겠군요."

방금 읽으신 페이지를 다시 한번 봐주세요. 나무 이름들이 굵은 글씨로 표기되어 도드라져 보이죠? 우리 인생에서 그냥 나무이고 가로수이던 것들도 마찬가지입니다. 약간의 노력을 기울여 공부하고, 겹을 더해 들여다보면 선명하게 모습을 드러내는 세상이 있습니다. 다음 시간엔 그렇게 만난 선명한 세상을 두고두고 곱씹는 방법에 대해 말씀드리겠습니다.

4

음미:

더 잘 흡수하는
습관

냉면, 좋아하세요?

    세상 수많은 문파 중에 냉면처럼 내부 갈등이 심한 파벌이 드뭅니다. 평양냉면파와 함흥냉면파가 팽팽히 대립하는데, 평냉파는 함흥파를 두고—그러고 보니 왜 함냉이란 말이 없는지 신기하네요—자극적인 맛만 좋아하는 하수라며 은근히 무시하고, 함흥파는 평냉파에게 무슨 맛인지 알 수 없는 그 밍밍한 물을 뭐가 맛있다고 으스대고 들이켜는지 이해할 수 없다는 반응을 보입니다. 저는 둘 중엔 평냉파에 가깝지만, 더 정확히는 '1일 3냉 가능파'라

할 수 있습니다. 냉면이라면 하루 3식도 가능하다는 주의인데요. 냉면이란 이름이 붙은 것은 무엇이든 잘 먹고, 세상엔 어떤 다른 냉면이 있을지 궁금해 일부러 찾아가서먹기도 합니다.

살얼음 육수에, 메밀향이 강하고 살짝 두툼한 면을 내는 을밀대와, 육향이 강한 우래옥, 비교적 슴슴한 편인 평양면옥과 고춧가루를 살짝 올리는 게 특징인 필동면옥의 맛은 초심자에게는 비슷하지만 즐기는 이에겐 명확히 다릅니다. 제 고향인 대전에 가면 닭 육수에 메밀면을 내는 숯골원냉면이라는 100년 된 노포가 있는데요. 평양에서 냉면집을 하던 1대 주인장이 한국전쟁 때 내려와 대전에 자리를 잡았고, 그 후로 4대를 잇는 가게입니다. 우리가 아는 평양냉면이 주로 소고기 육수—또는 돼지고기 육수를 섞은 육수—라면, 이곳에서 내오는 닭 육수에 동치미 국물을 섞은 평냉의 맛은 또 달라요. 천왕성까지가 태양계인 줄 알았다가 해왕성을 발견한 천문학자의 기분으로 이곳에서 평냉의 새로운 영역을 탐험하고 돌아가곤 합니다.

냉면은 사랑스럽지만 냉면의 가격까지 사랑스러운 건 아니죠. 보이는 모습에 비해 냉면 가격은 사악한 편입니다. 냉면을 공부해 보니 육수의 맛을 조미료가 아닌 정말로 '고기'로 내기 위해선 비용이 많이 들고, 메밀이라는 재료도 우리가 생각하는 것보다 훨씬 비싸다고 합니다. 하지만 비싼 가격의 순기능이 하나 있는데요. 결코 싼 음식이 아니라는 생각이 든 뒤론 아무래도 더 꼭꼭 씹어 맛보게 됩니다. 이것은 마치 우리가 레스토랑에 가서 비싼 스테이크를 먹으면, 집에서 소고기를 구워 먹을 때보다 더 공들여 맛을 느껴보려고 노력하는 것과도 같죠. (웃음) 메밀로 만든 면은 급하게 후루룩 삼키면 다른 면들과 다를 바 없지만, 꼭꼭 씹어보면 서서히 그 진가를 내놓습니다. 메밀면에는 어떤 '우아한 고소함'이 있어요. 게다가 우리가 유기농 재료로 만든 음식을 먹을 때 그러한 것처럼, 메밀의 까끌까끌한 질감을 음미하다 보면 이 면이 내 몸 어딘가에 건강을 선물할 것만 같은 알 수 없는 기대감마저 듭니다.

사실 꼭꼭 씹어 천천히 넘겨보면 어떤 재료도 생각 이상의 맛을 내놓습니다. 심지어 라면도 그래요. 라면 면발이 부는 것을 두려워 마시고 꼭꼭 씹어보세요. 머릿 속에 그렸던 맛보다 면발이 훨씬 더 고소합니다. 그러니 음식 그 자체만큼 중요한 것은 먹는 과정일지 모릅니다. 대상 그 자체보다, 음미하는 과정에 공을 들이면 원래 그것이 가진 매력을 더 잘 느낄 수 있게 되는 거죠.

워낙 좋아하는 음식이라 냉면을 예로 들었습니다. 이 번 장에선 공들여 찾아낸 것을 더 잘 곱씹는 방법에 대해 이야기해 보겠습니다.

'아 좋다'의
순간

살면서 우리는 가끔 '아, 정말로 좋다' 싶은 순간들을 만납 니다. 물론 사람마다 그 빈도와 강도는 다르겠죠. 앞 장에 서 말씀드린 좋은 센서와 관점을 가지고, 똑같은 것들도 더 풍부하게 느낄 수 있는 '겹'을 가지고 계신 분들이라면, 남들보다 더 자주 그리고 더 깊게 인생이 우리에게 내어 주는 선물들을 만나게 되실 겁니다. 하지만 대부분의 우 리는 '아 좋다'에서 멈추고, 이내 잊어버립니다. 이해합니다. 우리는 얼마나 바쁜 세상을 살고 있는가요. 하지만 아주 사소한 행동 몇 가지만으로도, '아 좋다'의 순간은 우리 곁에 남아 유효기간 없이 우리를 행복하게 해줍니다.

포획과 되새김

첫 번째 필요한 사소한 행동은, 좋은 순간을 잠시 가둬두는 것입니다. 감정은 우리가 생각하는 것보다 훨씬 빨리 휘발돼요. 저는 정말 좋은 무엇을 만나면 스마트폰 메모장을 열어 그 순간을 아주 단순한 단어 몇 개로 적어두는데요. 가끔 특별한 이유 없이 그 메모장을 열어보면 뜬금없게도 어린 시절 과학시간에 봤던 나비 표본이 생각납니다. 붙잡지 않았으면 어딘가로 날아가 버렸을 순간들이 사라지지 않고 곁에 머물고 있는 거죠.

그렇다면 메모의 가장 좋은 타이밍은 언제일까요? '가능한 한 빨리'입니다. 1분만 지나도 그 순간에 느낀 미묘한 행복이 무엇이었는지가 잘 기억나지 않아요. 문장이 어설퍼도 좋습니다. 맞춤법이 틀려도 상관없어요. 좋은 것을 발견한 바로 그 자리에서, 방금 느낀 그 감정을 메모장에 적는 것이 좋습니다. 글로 쓰는 것이 익숙하지 않은 분들도 계시겠죠. 그런 분들은 스마트폰으로 찍어 사진첩에 보관하셔도 좋습니다.

두 번째 필요한 사소한 행동은, 그 순간을 다시 꺼내 보는 것입니다. 우리들 스마트폰 속에 넘쳐나는, 결코 다시 열어보지 않는 수많은 사진들을 떠올려보면, 왜 이렇게 말씀드리는지 이해하실 겁니다. 가능하면 따로 폴더를 만들어두는 편이 좋아요. 이를테면 '영감' 폴더를 만들고, 틈날 때 들어가 봅니다. 스마트폰 속 메모장과 사진첩 속의 폴더를, 우리가 좋아하는 책의 구절에 꽂아둔 책갈피처럼 쓰는 거죠. 들어가 보면, 까맣게 잊은 줄 알았던 그때의 기억이 신기할 정도로 생생하게 되살아납니다.

포획하지 않았으면 이미 제 생각의 하늘 밖을 날고 있을 아름다운 기억이 있는데요. 이 기회를 빌려 소개해 봅니다.

평일 오후, 평소보다 일찍 퇴근하는 길이었어요. 늦은

여름이었고, 전날 비가 많이 내렸고, 오후 5시쯤 되었으니 하늘은 더할 나위 없이 파랬죠. 지하철 3호선을 타고 동호대교를 넘어 옥수역으로 가는 길, 열차가 지하를 빠져나와 갑자기 시야가 확 열리는 순간이 있습니다. '한강 구간'인데요. 그 구간에서 말갛게 씻은 얼굴의 서울을 배경으로 기관사님의 안내 방송이 들렸어요.

승객 여러분,
그치지 않는 비는 없듯이 나쁜 일도 언젠가는 멈춥니다.
잠시 스마트폰을 내려놓으시고 밖을 한번 보세요.
세상은 빛나고 있습니다.

"세상은 빛나고 있습니다"라는 말을 지하철 안내 방송에서 들을 줄은 상상하지 못했습니다. 그렇죠. 모든 비는 언젠가 그칩니다. 그리고 온갖 인간사의 고통스러운 순간 속에서도, 세상은 분명 빛나고 있습니다. 황급히 스마트폰 메모장을 켰습니다. 한 글자라도 더 잘 기억할 수 있을 때, 다시 말해 '지금' 적어두지 않으면 이 순간도 사라질 거란 걸 너무나 잘 알고 있었거든요. 있었지만 있었는지 모르게 사라진 우리의 수많은 순간들처럼 말이죠.

늦여름 3호선 열차의 아름다운 안내 방송은 그렇게 제 메모장에 담겼습니다. 그리고 인생 대부분의 순간들이 그렇듯 완벽하게 잊혀졌다가, 몇 달 뒤 우연히 메모장을 열어본 제 손길에 의해 다시 살아났어요. 제 메모장엔 언제 이런 일이 있었나 싶은 일들이 많이 적혀 있는데요. 신기하게도 몇 글자 자음과 모음의 조합을 읽는 것만으로도 머릿속에서 당시의 장면들이 꽤 구체적으로 되살아납니다. 그 순간의 앞뒤 기억은 모두 사라졌지만 단어로 고정시켜 놓은 그 순간만큼은 생생해요. 메모의 능력입니다. 그리고 이렇게 한 번 곱씹는 일만으로도 그 기억은 전혀 다른 종류의 기억이 됩니다. 마치 서고의 책들 중 일부가 주목할 만한 책들로 따로 전시되면 달리 보이는 것처럼요.

그리고 1년쯤 뒤 팀 회의 시간에, 저 문장을 다시 꺼낼 일이 생겼어요. 담당하고 있는 금융그룹의 광고 캠페인을 준비하면서, 살면서 만난 아름다운 순간들을 팀원들과 함께 이야기할 기회가 있었는데요. 문득 저 문장이 떠오른 겁니다. 메모장을 열어서 읽어주었더니, 감수성이 풍부한 사람들이 모인 광고회사답게 바로 반응이 옵니다. 팀의 막내이던 이은정 카피라이터는 나중에 다시 보고 싶다며 그 문장을 적어 달라고 하네요. 그리고 다들 각자의 시간에 만났던 아름다운 순간들을 내놓았는데요. 그날의 회의를 마치며 우리가 원하던 아이디어를 건졌는지는 잘 기억나지 않는데, 그 시간 각자의 순간을 이야기하던 모습과 회의실을 감싸던 알 수 없는 따뜻한 공기는 지금도 또렷이 기억납니다. 메모가 없었다면, 그리고 그 메모를 곱씹은 순간이 없었다면 그 순간도 없었겠죠.

메모는
카톡처럼

메모하고 곱씹는 삶에 흥미가 생기셨다면, 팁을 하나 드릴게요. 메모의 핵심은 속도입니다. 그러니 메모하기 가장 좋은 지면은 '근처에 가장 빨리 집어들 수 있는 것'입니다. 제게는 주로 스마트폰 메모장이지만, 가장 빨리 집어들 수 있는 것이라면 포스트잇이든 냅킨이든 상관없어요. 급하게 사진으로 찍어 붙잡아도 좋습니다. 다만 귀찮더라도 한 번만 더 품을 들여서, 나중에 볼 수 있는 공간에 옮겨두기만 하면 돼요.

그리고 또 하나 중요한 포인트는, 메모에 멋있는 문장, 그럴듯한 문장을 쓸 필요가 전혀 없다는 점입니다. 제 메모장을 보면 오타가 가득합니다. 메모의 목표는 이 생각이 사라지기 전의 빠른 포획이지, 아름다운 문장이 아니에요. 일기장을 쓰면서도 남의 시선을 의식하는 게 사람이라지만, 메모엔 전혀 그런 생각을 할 필요가 없습니다. 저처럼 직업으로 카피를 쓰고 책을 쓰는 사람도, 메모장엔 오타와 비문이 가득합니다. 여러분도, 적어도 메모장 앞에서는 잘 쓰려는 마음을 내려놓고 문장을 써보세요. 메모 속의 오타와 비문은 오히려 그토록 절실한 마음으로 적어 두려 했던 나 자신에게 달린 훈장 같은 것이라 생각합시다. (웃음)

그렇게 메모하는 습관을 들여보세요. 메모하는 습관만으로도 인생의 해상도는 분명히 올라갑니다. 메모가 유용하다는 이야기는 여기저기서 들었는데 영 실행으로 이어지지 않는다면, 메모를 카톡처럼 해보세요. 그래야 습관이 됩니다. 메모할 공간을 가까운 곳에 두고 대단하지 않은 순간과 생각도 적어보세요. 스마트폰 메모 앱에 적겠다고 마음먹었다면, 앱을 배경 화면 중에서도 손가락이

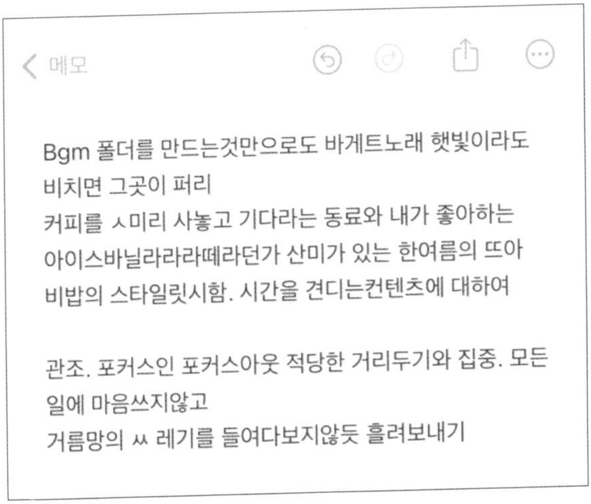

〈 메모

Bgm 폴더를 만드는것만으로도 바게트노래 햇빛이라도
비치면 그곳이 퍼리
커피를 ㅅ미리 사놓고 기다라는 동료와 내가 좋아하는
아이스바닐라라라라떼라던가 산미가 있는 한여름의 뜨아
비밥의 스타일릿시함. 시간을 견디는컨텐츠에 대하여

관조. 포커스인 포커스아웃 적당한 거리두기와 집중. 모든
일에 마음쓰지않고
거름망의 ㅆ 레기를 들여다보지않듯 흘려보내기

제 스마트폰 메모장의 일부입니다.
자세히 보면 오타가 꽤 많죠.
메모의 핵심은 생각의 포획입니다.
정확하거나 아름다울 필요가 전혀 없어요.

그림1

가장 빨리 닿는 곳에 두세요. 그래야 정말 좋은 장면과 생각이 떠올랐을 때 놓치지 않습니다. 주변에 사진 잘 찍는 친구들을 보며 느낀 점이 있는데요. 일단 이 친구들은 평소에 사진을 굉장히 자주 찍습니다. 그리고 별로인 사진들을 지우죠. 제가 함께 일해본 뛰어난 프로 포토그래퍼들도 마찬가지예요. 남들은 보지 못하는 아름다운 장면을 자신만의 앵글로 포착해서 두어 번 툭툭 찍어 건져내는 고수의 모습을 상상하기 쉽지만, 실제로는 그렇지 않아요. 해외 촬영지에 가면 그분들은 사진기를 몸의 일부처럼 들고 다니며 숨을 쉬듯이 셔터를 누릅니다.

아무렇지 않은 것이라도 적으세요. 나중에 지우면 그만입니다. 하지만 적지 않으면, 날아간 생각은 붙잡을 수 없습니다. 그러다 나중에 메모장이나 사진첩 폴더를 열어보면, 들여다볼 만한 포인트가 있는 메모와 사진은 반드시 쌓여 있기 마련입니다.

보조 배터리.
장미. 지각생

어느 날 지하철을 타고 가다가 아이 둘을 안고 앉아 있는 엄마와 아빠를 봤어요. 두 사람은 각자의 무릎에 아이를 꼭 안고 있었고, 세상의 많은 엄마 아빠들이 그렇듯 지쳐 보였어요. 그 마음, 부모가 되어본 사람들은 잘 알죠. 피곤한 어른들의 모습에 아랑곳하지 않고, 아이들은 계속해서 부모의 무릎 위에서 꼼지락거립니다. 짠한 마음으로 바라보다 메모장을 열었어요.

부모라는 보조 배터리.

아이들은 부모라는 보조 배터리의 에너지를 쓰면서 자랍니다. 배터리는 결국 닳죠. 부모는 나이 들고 약해집니다. 그런데 신기한 게, 내가 열심히 일해 번 돈으로 먹이고, 내 에너지를 가져가 커가는 아이들이 자라는 모습을 보는 건 생각했던 것보다 훨씬 행복합니다. 『이기적 유전자』를 쓴 리처드 도킨스Richard Dawkins가 제 글을 본다면 이 또한 유전자의 프로그래밍이라 하겠죠. (웃음) 그래야 사

봄비 오는 장엄의 장미 넝쿨 아파트

‹ 검색   ⬆ ⋯

5월의 장미덩쿨. 제 꽃 무게. 이기지 못하고 휘청. 축제 뒤
숙취. 청춘의 이튿날 같다.

장미 넝쿨을 보며 쓴 메모입니다.

람이 계속해서 아이를 낳고, 그래야 유전자가 다음 세대로 전해질 테니까요. 내 배터리가 닳아도 내 아이가 커가는 모습을 보면 행복감을 느끼고, 그렇게 속절없이 내가 가진 모든 것을 아이에게 주게 됩니다. 아이가 없는 삶을 부러워하는 때도 많지만, 일단 아이가 생긴 뒤로는 아이가 없는 삶으로 돌아갈 수는 없다는 걸 알게 돼요. 지루한 일상의 반복을 견디게 만드는 힘은 멀리 있지 않습니다. 내가 사랑하고 지키고 싶은 것들 안에 있어요.

어느 날은 퇴근길에 아파트 담장의 장미 넝쿨을 보았습니다. 제가 살던 아파트엔 햇볕을 가리는 건물이 없어 장미가 유독 잘 자라는 구간이 있는데요. 그곳의 장미는 꽃이 크고 탐스러워 어느 시기가 지나면 제 꽃의 무게를 이기지 못하고 축축 처집니다. 그 모습을 보다가 문득 재미있는 생각이 떠올라 메모장에 적었어요.

활짝 핀 장미가 휘청이는 모습이 축제 다음 날 숙취에 시달리는 청춘들 같았어요. 20대. 돌아보면 얼마나 많은 가능성들로 가득찬 시기인가요. 하지만 가능성의 다른 말은 불확실함이니 손에 쥔 것은 없어 계속 불안하고, 그래서 인생의 가장 빛나는 시기를 어떻게 지나갔는지도 모르게 보내게 됩니다. 30대를 지나 40대로 접어들면 축제 대신 안정을 선택하는 날들이 많아져요. 축제는 여전히 짜릿하지만, 그 뒤로 감당해야 할 숙취까지도 예측이 되거든요. 좋게 말하면 노련한 거고, 나쁘게 말하면 겁이 많아지는 거죠.

그러니 제 꽃의 무게를 이기지 못하고 휘청이는 장미는 제게 부러움이자 쓸쓸함의 대상입니다. '저 방식의 삶이 나에게도 있었지' 하며, 행복했고 또 불안했던 20대 시절이 떠올라 오랫동안 바라보게 돼요.

또 어떤 날은 아이와 산책을 하다가, 아파트 화단에 핀 철쭉을 봤어요. 제가 살던 아파트에는 4월에 분홍색 철쭉이 화단 가득 피는데, 그림 4의 철쭉을 찍은 날은 5월 중순입니다. 그러니까 한 달이나 늦게 핀 꽃이죠. 사진에 피어 있는 꽃 위쪽을 자세히 보시면 이미 다른 꽃들이 피고 진 흔적들이 보이실 거예요. 어떤 사정이 있었길래 저 꽃은 한 달이나 늦게 폈을까요? 남들 다 필 때 피지 못해서, 저 꽃에겐 큰 문제가 생겼을까요? 저 꽃이 느꼈을 조바심

지각생

그림 4

은 알 수 없지만, 남들과 같지 않아서 다른 어떤 꽃들보다
더 많은 관심을 받습니다. 인생에 어떤 타이밍을 지키지
못해 큰일 나는 것이 아니고, 때론 남들과 다른 타이밍으
로 인해 눈길을 받고 기회가 열릴 수도 있는 거죠. 그날엔
이런 메모를 적었어요.

지각도 나쁘지 않아.

매일 타는 지하철과 매일 지나치는 화단이지만, 적어
두고, 찍어두는 수고 덕분에 저는 이 장면을 계속해서 기
억할 수 있게 되었어요. 게다가 책에까지 싣게 되었으니
이 또한 쓸데없는 메모의 쏠쏠한 쓸모군요.

. . . .

더 잘 음미하기 위한
팁

우리 앞에 놓인 세상을 더 잘 음미하는 방법, 또 어떤 게

있을까요? 메모하는 습관과 주기적인 되새김 말고도 저는 종종 이런 방법들을 활용해 봅니다.

요소를 분해해 보기

잘게 뜯어서 보면, 전체를 볼 때는 보이지 않던 것들이 보이기 시작합니다. 눈앞에 보이는 것에서부터 시작해 보세요. 카페에 계신다면 음료가 어떤 컵에 담겨 있는지 살펴보세요. '아무 컵이나 쓸 것인가, 컵에 공을 들일 것인가'부터가 카페 사장님의 선택입니다. 가만히 있어도 손님이 넘치는 회사 근처의 카페라면 굳이 잔에 공을 들일 필요가 없죠. 오히려 커피의 단가를 낮추거나, 반대로 좋은 원두를 써서 테이크 아웃 손님의 입맛을 만족시키는 데 투자하는 게 맞습니다. 하지만 손님들이 오래 머물기를 원하는 카페라면 잔에 신경을 쓰게 마련이죠. 커피의 맛은 잔을 드는 순간부터 시작되니까요. 카페 사진이 인스타그램에 멋지게 올라가길 원하는 사장님 역시 잔에 공을 들일 겁니다. 상업적인 공간일수록 존재하는 모든 것이 메시지입니다.

'무슨 영화 보지?' 하며 영화를 검색 중이시라면, 포스터의 제목을 어떤 서체로 썼는지를 유심히 살펴보세요. 포스터의 제목 서체는 섬세한 그래픽 디자이너라면 절대로 아무렇게나 고를 수 없는 영역입니다. 저는 텍스트의 서체는 그 문장을 읽어주는 '목소리'라고 생각하는데요. 디자이너가 이런저런 고민 끝에 이 영화에 가장 잘 어울리는 목소리라고 판단하여 내린 결론이 바로 당신 눈앞의 서체입니다. 그냥은 없어요. 분명 어떤 이유가 있습니다.

여유가 되신다면 지금 이 책에 쓰인 서체도 한번 살펴보세요. 우리가 아는 그냥 명조체, 고딕체가 아닙니다. 'SM3신명조'라는 서체인데요. 모든 책의 목표인 '잘 읽혀야 한다'를 달성하는 건 기본이고, 요즘 책들의 트렌드와 이 책에 담긴 문장의 성격을 종합적으로 고민해서 고른 결과물입니다. 근처에 다른 책이 있다면 한번 비교해 보세요. 책마다 서체와 사이즈, 자간이 미세하게 다를 겁니다. 책을 여러 번 내보니 알겠습니다.

얼마 전 출근길에 흥미로운 경험을 했습니다. 꽉 막힌 출근길에 운전대를 잡고 있다가, 특별한 이유 없이 양옆에서 있는 빌딩들을 올려다 봤습니다. 빌딩의 한 부분, 그중에서도 꼭대기를 유심히 봤어요. 평소 우리 눈에 들어오는 빌딩들은 대체로 옆면이고, 각진 평면들이잖아요? 그런데 그날 올려다 본 빌딩의 맨 꼭대기는 빌딩마다 조금씩 모양이 달랐어요. 유럽의 성곽을 지키는 망루처럼 삐죽 솟은 조형물을 네 귀퉁이에 붙인 빌딩과, 거대한 기역자 모양의 장식을 붙인 빌딩, 그리고 맨 위층 창문만 키스톤keystone[11]이라 부르는 건축 양식으로 장식한 빌딩들이 눈에 들어옵니다. 저것은 지붕이 사라진 시대에, 건축가들의 마지막 자존심이 아닐까. 건물들이, 남들과 똑같아 보이고 싶지 않아 쓴 모자 같은 것이 아닐까 생각했습니다.

저는 '잘게 뜯어본다' 기술을 음악을 들을 때 자주 활용하고 있어요. 여러분에게도 자주 들어 귀에 익숙한 음악, 있으시죠? 그 음악을 틀어놓고, 악기 하나에만 집중해서 들어보세요. 어떤 악기를 고를지는 여러분의 선택

---

11 오직 돌덩어리만으로 아치의 형태를 만들기 위해, 아치 중앙에 꽂는 돌을 키스톤이라 부릅니다. 키스톤이 박혀 있으면 아치는 무너지지 않죠. 야구에서 내야의 중앙을 수비하는 2루수와 유격수를 키스톤 콤비라 부르는 이유도 여기에 있습니다.

입니다. 저는 베이스 기타 소리를 좋아해서, 주로 베이스에만 집중해서 음악을 듣곤 하는데요. 드럼도 좋고, 피아노도 좋고, 보컬도 좋습니다. 오직 한 가지 요소에만 집중해서 들어보면, 어느 순간 그 악기를 연주하는 연주자의 모습이 그려져요. 그리고 신기하게도, 그 순간 평면적이던 음악이 살짝 입체적으로 들리기 시작합니다. 내가 그 음악이 연주되는 현장에 있는 기분이 들기 때문이라고 생각합니다. 3메가바이트의 데이터로 조합된 음악 파일이 아니라, 인간이 부르고 연주하는 진짜 음악으로 바뀌는 거죠.

예를 들어 설명해 보겠습니다. 에디 히긴스 트리오 ^{Eddie} Higgins Trio 의 〈블루 보사 Blue Bossa〉라는 곡을 들어볼까요? 〈블루 보사〉는 워낙 유명한 곡이라 다양한 아티스트들의 버전이 존재하는데요. 그중에서도 제가 제일 좋아하는 건 에디 히긴스 트리오가 연주한 버전입니다. 피아노 연주자인 에디 히긴스가 리더인 밴드답게, 이 곡을 리드하는 건 피아노입니다. 시작부터 피아노가 기선을 잡고, 아마 많은 분들이 어디선가 들어보셨을 법한 멜로디가 시작됩니다. 드럼과 콘트라베이스가 멜로디 라인을 받쳐주며 하모니를 이루다가, 곡의 48초 부근부터 피아노가 확 치고 나와요. '이 곡의 주인은 나야'라는 느낌으로 곡 전체를 휘어잡습니다.

그러다 1분 45초 부근부터는 콘트라베이스에게 잠시 솜씨를 뽐낼 기회를 줍니다. 우리가 노래방에서 누군가에게 마이크를 넘기듯, 콘트라베이스의 시간이 오는 거죠. 이때 베이스 소리만 집중해서 자세히 들어보면, 연주자가 현을 뜯으며 흥에 겨워 잠시 동안 멜로디를 흥얼거립니다. 음악에 몰입해 자기도 모르게 나오는 소리입니다. 기계로 작업한 곡이라면 당연히 지워졌을 소리지만, 이 곡엔 그대로 들어가 있어요. 실황 앨범이 아닌데도 말이죠. 사실, 이것이 재즈의 매력이라고 생각합니다. 재즈의 본질은 '즉흥'이니까요.

사정이 어찌되었건 보컬이 들어갈 이유가 없는 곡이고 베이스 연주자 목소리의 음정이 완벽하지도 않은데, 묘하게 듣는 이의 마음을 흥분시킵니다. 그 소리엔 걸러지지 않은 진짜 감정이 담겨 있기 때문이죠. 그렇게 한 요소만 뜯어서 듣다 보면, 음악이 평소보다 훨씬 더 생생하게 들립니다. 그냥 음악을 들으면 전체적인 구성을 듣지만, 악기 하나에 집중하면 그 악기에 매달려 있는 연주자가 더 쉽게 상상되기 때문인 것 같아요. 음악에도 해상도란 단어를 붙일 수 있다면, 훨씬 해상도 높은 음악이 들리는 셈이죠.

만들어지는 과정을 떠올려보기

비슷한 맥락에서, 물건이든 예술 작품이든 그것이 만들어지는 과정을 떠올리면 그 대상이 달리 보이곤 합니다. 아름다운 가구가 눈앞에 있다면 '아, 가구구나'에서 멈추지 마시고 그 가구의 한 부분을 골라 천천히 들여다보세요. 그리고 그 부분이 만들어지는 과정을 상상해 보세요. 나무로 만든 아름다운 가구라면 분명 목수의 손길이 닿았을 겁니다. 가구의 일부가 되기 전에 목수가 골랐을 나무와, 그 나무를 대패와 사포로 수없이 문질렀을 목수의 시간을 상상해 보세요. 이걸 누군가가 만들었다고 생각하면, 목수가 구현해 낸 곡선이 결코 예사롭게 보이지 않으실 겁니다.

오르세 미술관 한 켠의 아르느보 스타일 가구.
잠시 책을 보관하라고 만들어놓은 왼쪽의 조형물을 보세요.
가구 자체도 아름답지만, 나무로 저 곡선을 어떻게 깎아냈을지를
상상해 보면 더 놀라운 작품으로 느껴집니다.

그림 5

그림도 마찬가지예요. 그림이 태어나는 순간을 떠올려보세요. 그림에게는 반드시, 그림의 반대편에 화가가 매달려 있던 시간이 존재합니다. 문자 그대로 물감의 끝에 붓이, 붓의 끝에 화가가 매달려 있던 거죠. 그 붓질의 순간을 상상해 보세요. 그러려면 일단, 그림에 최대한 가까이 가서 보시길 권합니다. 미술관에 가면 그림 바로 아래 바닥에 더 이상의 접근을 막는 와이어가 있는데요. 그 선까지 다가가는 건 괜찮습니다. 초심자라고 주눅들지 말고, 미술관이 허용하는 선까지 다가가서 어떻게 붓이 지나갔는지 흔적을 살펴보세요.

예를 들어 고흐의 〈해바라기〉를 보실 기회가 있다면, 가까이에서 그림을 보세요. 서양의 유화는 덧칠을 통해 그림이 완성되는 구조라서, 가까이에서 그림을 보면 캔버스 표면에 물감이 생각보다 훨씬 두껍게 발라져 있다는 사실을 알게 됩니다. 그 두께만큼 고흐의 붓질이 있었던 거죠. 여러분이 보고 계신 바로 그 위치에서 고흐가 앉거나 선 상태로 그림에 물리적으로 매달려 있었던 거고요.

우리가 잘 알고 있다고 생각하는 그림도, 책이나 컴퓨

앙리 루소, 〈서프라이즈드Surprised!〉, 1891

루소의 그림을 확대한 모습.
세찬 빗줄기를 붓으로 구현해
놓았습니다.

그림 6

터 스크린이 아니라 실물로 가까이에서 보면 훨씬 놀라운 매력들을 내어놓곤 합니다. 그림 6은 앙리 루소 Henri Rousseau 의 〈서프라이즈드 Surprised!〉라는 작품입니다. '열대 폭풍우 속의 호랑이 Tiger in a Tropical Storm'라고도 알려져 있죠. 개인 적으로 제가 가장 좋아하는 그림 중 하나인데요.

폭우가 쏟아지는 정글의 밤, 잔뜩 웅크린 호랑이가 그림 밖의 대상을 덮치려 하고 있습니다. 앙리 루소 특유의 색감이 환상적이죠. 런던 유학 시절 몇 번이고 볼 때는 보이지 않던 부분을, 얼마 전 런던에 갔을 때 찾아내고는 깜짝 놀랐습니다. 그림의 코앞까지 가서 보니, 정글 곳곳에 내리는 세찬 빗줄기를 붓으로 표현해 놓았는데요. 세찬 바람이 불 때 폭우가 내리면 빗방울이 어느 한 방향이 아니라 사방으로 흩날리는 모습을 놀랍도록 생생하게 그려 놓았어요. 저는 유화를 그려본 적이 없어 잘 모르지만, 아마 호랑이와 정글의 식물들을 완성시켜 놓고, 그 위에 빗줄기를 표현하기 위한 터치를 하지 않았나 싶습니다. 완성 직전의 걸작을 앞에 두고 빗줄기를 덧칠하는 루소의 모습을 상상해 보세요. 정말 거의 다 왔는데, 붓질 한 번에 이 모든 걸 망칠 수도 있는데, 얼마나 떨리는 순간이었을까요? 그럼에 내가 개입하기 시작하는 순간, 장면은 더 생생하게 느껴집니다.

글도 마찬가지예요. 좋아하는 작가의 작품을 읽고 있다면, 그 작가가 떠올린 문장이 작가의 뇌를 지나 손을 거쳐 지면에 자리 잡는 순간을 상상해 보세요. 무라카미 하루키村上春樹의 초기작 『바람의 노래를 들어라』 같은 작품을 읽을 때 저는 그 시절 하루키가 운영했다는 — 바닥에 땅콩 껍질이 산처럼 쌓여 있곤 했다는 — 재즈바에서 청년 하루키가 문장 하나하나를 완성하는 장면을 떠올립니다. 그럼 문장 속에 담긴 하루키 특유의 쿨함이 더 쿨하게 느껴지죠.

『작가란 무엇인가』[12]라는 책에서 헤밍웨이Ernest Hemingway가 주로 서서 글을 썼다는 이야기를 읽고는, 요즘 제가 읽고 있는 『노인과 바다』의 한 대목 또한 선 자세로, 그리고 그가 늘 문장을 시작할 때 꺼내 들었다는 연필로 홀린 듯 써내려 가지 않았을까 상상하곤 합니다. 스

---

12 『작가란 무엇인가 — 소설가들의 소설가를 인터뷰하다』, 다른, 2014

스로와 약속한 하루치 분량의 단어 수를 채우고, 그가 그렇게 사랑했다는 모히토를 마시러 쿠바의 어느 골목으로 걸어 내려가는 모습도 떠올려보고요. 어릴 적 『노인과 바다』를 읽고 기억에 남았던 건 산전수전을 다 겪은 늙은 어부가 일생일대의 거대한 물고기를 만나 벌였던 사투의 드라마였죠. 나이를 먹고, 또 직업으로 글을 쓰며 어릴 적 읽었던 소설을 다시 보니, 낚싯줄과 손의 감각만으로 고기를 낚는 어부의 행동에 대한 섬세한 묘사와 어구를 쓰는 법, 물고기의 움직임에 대한 묘사에 놀라움을 금할 수 없습니다. 요즘 저는 '이걸 어떻게 썼을까(만들었을까)'의 관점으로 작품을 보기 때문인데요. 검색해 보니 헤밍웨이는 유명한 낚시광으로, 배를 타고 나가면 웬만한 쿠바의 어부들보다 많은 물고기를 낚았다고 합니다. 그렇죠. 제대로 아는 사람만이 쓸 수 있는 정확한 단어가 있는 법이죠.

스크린 뒤로 가보기

그리고 작가에 대해 알 수 있는 조각을 최대한 모아봅니다. 지면 뒤, 캔버스 뒤, 스크린 뒤의 작가에 대해 알면 알수록, 만든 이의 의도와 숨겨놓은 디테일을 더 잘 감지할 수 있죠. 우리가 잘 아는 사람이 있다면, 그 사람의 행동을 더 잘 이해할 수 있는 것과 같은 이치입니다.

그러니 어느 아티스트의 작품이 좋아졌다면 그가 어떤 사람이며 그 작품 이전엔 어떤 작업들을 했는지를 알아봅니다. 요즘은 한 아티스트의 과거작을 찾기가 정말 쉬워졌죠. 심지어 나무위키 같은 사이트만 들어가도 유명한 작가의 과거 작품과 언론 인터뷰에서 했던 말들이 시간 순으로 정리되어 있습니다. 봉준호 감독의 〈설국열차〉에 반하셨다면 약간의 검색만으로도 〈설국열차〉의 시작이 프랑스의 동명의 그래픽 노블이라는 사실을 알 수 있습니다. 시험 삼아 봉준호 감독에 대한 자료를 찾아보니 넷플릭스에 봉준호의 청년 시절이 담긴 다큐 〈노란문〉이 올라와 있네요. 봉 감독의 작품 — 상업영화 데뷔작인 〈플란다스의 개〉부터 〈살인의 추억〉, 〈괴물〉, 〈기생충〉까지 — 에 꾸준히 등장하는 지하실 시퀀스가 그가 대학 시절 캠코더로 찍은 데뷔작에도 매우 비중 있게 등장한다는 사실을 알 수 있었습니다. 봉준호 감독의 지하 공간은 무라카미 하루키의 소설에서 꾸준히 등장하는 '두 개의 세계'

같은 기능을 하지 않을까 생각해 봅니다. 하루키의 소설 속엔 평온한 세계 이면에 병렬로 존재하는 또 다른 세계가 자주 등장하죠. 그리고 이 공간이 등장하면서 특유의 환상적인 스토리가 전개되고요. 다음번에 봉 감독의 영화에 지하실 장면이 등장하면, 저는 조금 반가운 마음으로, 그리고 조금 더 빠르게 감독의 메시지를 이해하게 되지 않을까 싶네요.

앞 장에서도 소개한 신카이 마코토 감독의 작품에 매력을 느낀 저는 그의 다른 작품들도 찾아보고 싶어졌어요. 검색을 하다가, 그가 애니메이션 감독이 된 계기를 읽게 되었습니다. 게임 회사에서 오프닝 영상을 만드는 애니메이터로 일하던 그는, 회사를 그만두고 7개월의 시간을 들여 오롯이 혼자 힘으로 25분짜리 단편 애니메이션을 완성합니다. 누구나 그렇게 시작하죠. 그것이 〈별의 목소리〉라는 작품입니다.

훗날 그의 별명이 '빛의 마술사'가 된 점을 염두에 두고 그의 초기작을 보니 더 흥미로웠습니다. 첫 장면부터 열차 차창을 통해 들어오는 빛이 지나가고, 주인공 얼굴의 명암이 바뀌는 모습을 보여줍니다. 데뷔작의 맨 첫 장면부터 말이죠. 이어서 여름 하늘의 구름을 묘사한 장면, 그 구름 속에 낙뢰가 치는 장면, 빌딩 외벽을 타고 설치된 계단에서 전화하는 장면이 나오는데, 이런 설정은 그의 대표작들에도 계속해서 등장하죠.[13] 초기작인만큼 그림체는 좀 어설프지만, 24분의 짧은 영상 내내 20년 후 그를 유명하게 만든 수많은 장면들의 씨앗들을 발견합니다. 우리를 세상 밖에서 빛나게 할 씨앗들은 대부분 — 오래 전부터 — 우리 안에 있는 거란 생각을 합니다.

대전 집에 들렀다가 서울로 올라가는 길에 어머니가 깻잎 장아찌를 싸 주셨어요. 이게 그냥 깻잎이 아니라 이모가 봄부터 텃밭에서 키우고 딴 깻잎이라 이파리가 작고 연하다는 말을 들으니 장아찌 맛이 살짝 다르게 느껴지고, 더 아껴 먹게 됩니다. 어느 날은 회사 후배가 고향집에서 길렀다며 옥수수 몇 자루를 가져온 적이 있는데요. 흔

---

13 〈언어의 정원〉의 인상적인 엔딩 장면은 오픈된 형태의 빌딩 외부 계단에서 진행됩니다. 〈날씨의 아이〉에서도 클라이막스를 향해갈 때 남자 주인공이 빌딩 외부 계단을 다급하게 올라가고, 이를 마치 드론이 찍은 것처럼 공중에서 바라본 뷰로 보여주죠.

한 옥수수지만, 아는 사람의 가족의 손길이 닿았다 생각하니 조금 더 성실하게 맛보게 되고, 그러다 보니 옥수수가 조금 더 쫀득하고 고소하게 느껴집니다. 옥수수가 달라졌을까요? 아니죠. 옥수수를 대하는 태도가 달라진 것뿐입니다. 흥미롭죠? 만든 이를 알수록 작품이 더 특별하게 느껴지는, '스크린 뒤로 가본다' 공식은 음식의 맛도 올려주는군요.

흐린 눈으로 보기

지금까지 더 세세하게, 더 많은 정보와 함께 세상을 보는 방법을 이야기했다면, 이번엔 정반대의 방식을 소개해 볼까 합니다. 일명 '흐린 눈으로 보기' 방식인데요.

방법은 간단합니다. 때론 많은 정보를 다 읽어내려 하지 말고, 흐름과 골조를 보는 거예요. 멀리 떨어져서 관조의 시선으로, 디테일보다 골조 위주로 현상을 읽어봅니다. 이 방식으로 보면 신기하게도 현상의 본질이 보일 때가 있어요. 그리고 세상이 조금 더 구조적으로 읽히기 시작합니다. 주방에서 설거지하는 모습을 예를 들어볼까요?

설거지의 과정에서 그릇 하나 거품 하나를 보기 시작하면 이 그릇이 얼마나 잘 닦였는지, 또는 얼마만큼의 주방 세제를 써서 이 많은 그릇을 닦을 수 있었는지 같은 행위의 과정과 결과에 온 신경을 쓰게 됩니다. 그렇죠? 하지만 설거지를 흐린 눈으로, 그 골조만 보면, 주방의 무질서가 질서로 변하는 과정입니다. 그리고 주방은, 마치 밀물과 썰물이 반복되듯 무질서에서 질서로, 그리고 다시 무질서로 규칙적으로 반복되는 과정입니다.

'흐린 눈으로 보기'는 제가 그렇게 이름을 붙였을 뿐 이미 현상의 본질을 파악하는 대가들이 능숙하게 쓰는 방식이라고 생각합니다. 노벨 물리학상을 받은 미국의 물리학자 리처드 파인만$^{Richard\ Feynman}$은 이렇게 말했죠. "현상은 복잡하다. 법칙은 단순하다. 버릴 게 무엇인지 알아내라." 스티브 잡스$^{Steve\ Jobs}$는 인간의 무수한 종교들을 두고, "같은 곳으로 향하는 다른 문"이라 표현했습니다. 디테일들을 빼고 종교의 골조를 보면, 인간의 능력으로 이해할 수 없는, 또는 견뎌내기 힘든 현실을 넘어서기 위해 신이라는 존재를 두고 제각각의 의식을 통해 세계를 이해하는 방식으로 본 것이죠.

개나리로 유명한 서울 성동구의 응봉산을 아시나요? 자동차로 강변북로를 달려 옥수동에서 성수동 방향으로 가다 보면 왼쪽에 등장하는 거대한 돌산이 바로 응봉산입니다. 제가 있는 회사에서 창밖을 보면 한강 한편에 자리 잡은 응봉산이 보이는데요. 응봉산은 1년 내내 돌산입니다. 그러다 3월에는 개나리가 온 산을 뒤덮어, 그 한 달간 응봉산은 온통 노란색이에요. 지도에서 응봉산과 저희 회사 사이 거리를 재어보니 3킬로미터나 떨어져 있는데, 그럼에도 3월엔 산 전체가 확연한 노란빛으로 느껴질 정도입니다. 그러니 응봉산을 흐린 눈으로 보면, 1년에 한 달은 전구가 켜진 듯 밝아졌다가 다시 원래의 돌산으로 돌아가는 산이겠군요. 응봉산의 1년을 12초 정도의 필름에 담는다면, 또는 신적인 존재가 지구 밖에서 응봉산을 바라본다면, 12초에 한 번씩 점멸하는 전구처럼 보일 수도 있겠군요. (웃음)

그러니 때론 흐린 눈으로 세상을 보며 지엽적인 것들 대신 흐름과 골조를 읽어보세요. 코를 박고 들여다볼 땐 보이지 않던 것들이, 관조의 시선으로 볼 때 보이곤 합니다. 그리고 거기서 발견되는 통찰은 우리를 둘러싼 세계를 이해하는 새로운 기쁨이 됩니다. 살면서 만난 멋진 어른들에게 놀라움을 느끼는 순간은, 주로 제가 조각으로 이해하고 있던 세계를 꿰뚫는 시선을 느낄 때였어요. 여러분은 어떠셨나요?

■　■　▪　▪

정리해 볼까요? 우리 앞에 놓인 세상을 의도적으로 요소 하나하나를 분리해서 감상해 보고, 그것이 만들어지는 순간을 떠올려보고, 그것을 만든 이에 대해 더 알아보고, 때론 정반대로, 흐린 눈으로 전체적인 맥락을 파악해 보세요. 분명 잘 알던 콘텐츠이고 장소이며 음식이라고 생각했었는데, 신기하게도 그 안에 우리가 거둬들이지 못했던 매력이 숨어 있었다는 사실을 알게 되실지 모릅니다. 틈날 때마다 한 번씩 시도해 보세요. 저는 개인적으로 종종 해보는데, 돈이 드는 일도 아닌 데다가, 가끔씩 돌아오는 기쁨은 생각보다 훨씬 크더군요.

지금까지 4장에 걸쳐서 우리 앞의 세상에서 더 좋은

것을 **발견**하고, 더 깊숙이 **음미**하는 방법에 대해 말씀드렸습니다. 다음 시간에는, 인생의 해상도를 올리는 더 적극적인 방법에 대해 이야기해 보겠습니다. 기존의 것을 찾고 즐기는 삶에서 한 발 더 나아가, 나만의 것을 만들어 세상에 내놓는 삶에 관한 이야기예요.

3부

창조

5   창조:

만들어라.
더 잘 즐길 것이다.

센서. 관점. 겹. 음미.

　지금까지 우리 앞에 놓인 세상의 해상도를 높이는 네
가지 화두에 대해 말씀드렸습니다. 잘 발견하고, 잘 골라
내고, 더 풍부하게, 세밀하게 음미하는 것만으로도 우리
앞에는 남들보다 훨씬 선명한 세상이 놓여 있을 겁니다.
자, 그럼 지금부터는 잘 발견하고, 잘 느끼는 것과는 조금
다른 관점의 이야기를 해보겠습니다. 지금까지는 세상이
우리에게 내놓은 것을 어떻게 하면 더 잘 받아들이느냐가
화두였죠? 지금부터는 세상에 나의 것을 내놓는 삶의 방

식에 대해 이야기해 보겠습니다. 그리고 그 방식이 어떻게 인생의 해상도를 올리는 데 도움이 되는지에 대해서도요. 말하자면 '인생의 해상도 높이기' 심화 단계입니다. (웃음)

메추리알 장조림이
가르쳐준 것

주말 점심, 아내가 인스타그램에서 본 메추리알 장조림 요리를 만들어보겠다고 선언합니다. "와, 좋은 생각이네!" 라고 말했지만 속마음은 '메추리알 장조림?'이었죠. 메추리알 장조림은 대전에 계신 제 어머니가 워낙 잘 만드시는 음식입니다. 간장을 달이면서 대체 어떤 육수를 넣는지 감칠맛이 남다르고, 간도 짜지 않아 계속 집어 먹게 돼요. 어렵지 않은 음식이다 보니 어머니도 자주 하시고, 그래서 종종 먹는 반찬입니다. 게다가 메추리알 장조림은 대부분의 어린이가 좋아하는 반찬이다 보니 웬만한 반찬 가게의 스테디셀러입니다. 맘만 먹으면 저렴한 가격에 얼마든지 사 먹을 수 있다는 뜻이죠. 그래서 그동안 이걸 직접 만들어 먹겠다는 생각은 하지 못했습니다. 짜장면을 만들어 먹겠다는 생각을 하지 못하는 것처럼요.

그런데 아내가 인스타그램에서 레시피를 보고 만든 메추리알 장조림은 제가 알던 그 장조림이 아니었습니다. 잘게 다진 소고기를 듬뿍 넣어 함께 끓이다가 나중에 간장 국물과 함께 비벼 먹는 색다른 요리였어요. 게다가 제 머릿속에 있는 메추리알 장조림 맛의 한계를 전설의 높이뛰기 선수 딕 포스베리Dick Fosbury가 배면뛰기 하듯 가볍게 뛰어넘었습니다. 집에 있는 좋은 멸치와 다시마를 우려 육수를 내고 그걸 간장 국물에 섞어 연하게 만든 후 말린 표고버섯을 넣어 끓이니 그 국물 맛이 어떻겠어요? 게다가 마지막에는 다진 소고기를 넣고 끓이니 육향까지 더해집니다. 간장게장도 아니고 메추리알 장조림을 먹으면서, "밥 한 공기 더"를 계속 외칠 줄은 저도 상상하지 못했어요.

하지만 집에서 하는 요리의 단점은, 딱 먹을 만큼만 만들 수가 없다는 데 있죠. 식사가 끝난 뒤 상당한 양의 메추리알 장조림이 밀폐 용기에 담기고, 이제 우리 가족은 일주일 동안 이 장조림을 먹어야 하는 운명에 놓입니다. 이야기는 한순간의 행복이 기나긴 불행으로 이어졌다가

파국으로 치닫는 그리스 신화적인 결말로 이어졌을 듯싶지만 의외로 메추리알 장조림은 일주일간 식탁을 행복하게 만들고는 산뜻하게 사라집니다.

반찬 가게에서 메추리알을 샀는데 1+1 이벤트로 필요 이상의 양을 받았다면, 전 아마 적당히 먹고는 별다른 죄책감 없이 남은 메추리알들을 버렸을 거예요. 배달 음식을 시키면 따라오는 수많은 밑반찬을 눈 딱 감고 버리는 것처럼 말이죠. 특별한 맛도 아니고, 냉장고 속 부피만 차지한다고 생각하면, 굳이 애지중지할 필요가 없다는 생각이 듭니다.

하지만 직접 만든 메추리알 반찬은 다릅니다. 제가 간장 육수를 끓이는 과정에 개입한 요리이고, 아내가 얼마나 정성을 들였는지를 직접 눈으로 본 반찬이에요. 그러니 음미의 과정도 조금 다릅니다. 바로 앞의 '음미'에서 말한 '스크린 뒤로 가본다'와 같은 맥락이네요. 저는 좀 더 천천히 메추리알을 씹고, 분명 내가 넣은 기억이 있는 수많은 육수의 재료들을 떠올리며 그 맛을 더 세밀하게 느껴보려 노력합니다. 좋은 재료를 써서 만들었으니 애초에 가지고 있는 맛이 좋지만, 먹는 사람도 최선을 다해 맛보니 당연히 더 맛있고, 덜 질립니다. 처음 이 음식이 식탁에 올랐을 때의 등장감 같은 시시콜콜한 무용담을 이야기하다 보면 어느새 온 가족이 더 열심히 씹어 먹게 돼요. 실컷 먹고 남은 배달 음식이었다면, 그것이 아무리 맛있어도 이렇게까지 소중하게 다뤘을까 싶습니다. 그 어떤 평범한 사물도 내가 개입되는 순간 의미가 생기고, 의미를 갖게 된 사물은 더 이상 평범할 수가 없죠.

만드는 이 앞에 놓인
세상의 해상도

소비자가 아닌 생산자가 되면, 우리 앞에 놓인 세상도 달라집니다. 만드는 이가 되면, 우리는 그 영역에 훨씬 더 적극적으로 개입합니다. 요리를 하는 사람은 남의 요리에 관심이 많아집니다. 어떻게 이 맛을 냈는지가 궁금해지거든요. 요리 고수인 제 어머니는 맛있는 국물을 먹으면 한참을 머금고는 그 안에 어떤 재료가 들어갔는지를 유심히 살펴보십니다. 요리를 하는 사람들은 유튜브 요리 레시피에 나오는 요리 도구의 브랜드나 디테일을 비관여자들에 비해 훨씬 더 빨리 알아챕니다. 요리 쪽을 향한 센서가 훨씬 예민해진 상태이기 때문이겠죠.

저 또한 만드는 게 직업인 사람입니다. 1년에 수십 편의 광고를 만드는데요. 그러다 보니 스크린에서 나오는 광고를 보통 사람들보다 훨씬 유심히 보게 됩니다. 초년병 시절엔 광고에 어떤 모델이 나오는지, 어떤 카피를 썼는지를 주로 봤다면 이제는 어떤 스탭들과 어디서 어떻게 찍었는지를 읽어내려 노력합니다. 카메라는 어떤 식으로 들어갔는지. 조명은 어떻게 썼는지. 광고에 최고의 셀럽이 나오면, 까다롭기로 유명한 저 친구 연기는 어떻게 끌어냈을까. 아름다운 미장센이 나오면, 저 공간은 세트일까 로케이션일까. 아름다운 카피가 나오면 그 문장을 쓴 카피라이터의 얼굴마저 궁금해집니다. 제가 1장 '센서'에서 '그 안에 우주가 있어'라는 문장을 소개해드렸죠? 관심을 가지고 들여다보면 정말로 30초짜리 광고 안에도 우주가 있습니다. 저는 광고의 30초가 고만고만한 드라마들보다 훨씬 재밌어요. 적어도 제 앞에선 어떤 광고든 초고해상도로 플레이되는 거죠.

당신이 유튜브 채널을 열 결심을 했다면 세상 모든 사람이 미래의 구독자로 보일 겁니다. 요즘 사람들이 뭘 좋아하는지, 무엇에 즉각 반응하는지 새삼 궁금해지겠죠. 인생의 관전 포인트가 하나 생기는 겁니다. 어느 날부턴가 썸네일에 넣을 제목이 신경 쓰이겠죠. 짧고 위력적인 글을 쓰는 법에 관심이 갈 겁니다. 차차 영상 장비들도 검색해 보겠죠. 한 사람의 지적 영역은 문에서 문으로의 여정이라고 말씀드렸죠? 전에는 차마 엄두가 나지 않던 '촬영', '카메라', '편집'의 문을 열게 됩니다. 이 뒤로 어떤 문이 기다리고 있을지는 아무도 모르지만, 명확한 것은 문에서 문으로의 여정이 시작되었다는 것이죠. 유튜브 채널의 흥행 여부와는 상관없이 당신의 세상은 한 뼘 넓어집니다.

책을 쓰는 저는 지하철에서 책 읽는 사람을 보면 무슨 책을 읽고 있는지 제목을 보고 싶어 안달이 납니다. 스마트폰의 시대에 책을 꺼내 든 저 귀한 얼굴에서 빛이 나는 것만 같아요. 주말 농장을 하는 동료는 아마 마트의 애호박이 허투루 보이지 않을 거예요. 어떻게 저 귀한 것을 저렇게 큼직하게 키울 수 있었을까. 게다가 그것을 흠잡을 만한 상처도 없이 산지에서 도시까지 이송해 매대에 가지

런히 눕혀 놓을 수 있었을까 궁금하지 않겠어요? 보통 사람의 눈에는 이들이 그저 '지하철 승객1'이고, '마트 채소 2'일 뿐일 텐데 말이죠.

만드는 이가 되면, 자신이 생산을 시작한 영역 안에서 더 적극적으로 센서를 가동합니다. 그리고 시간이 흐를수록 내가 어떤 종류의 것을 만들고 싶은지에 대한 생각이 정리됩니다. 조예가 깊어지니 당연히 그것을 깊게 읽어낼 다양한 겹들이 장착되고, 그 영역 안에서 남이 만든 결과물들을 더 잘 음미하게 되죠.

그리고 이런 습관은 쌓여 한 사람의 태도가 됩니다. 꾸준히 글을 쓰는 것만으로도, 인스타그램을 꾸준히 업데이트하는 것만으로도, 블로그를 시작하는 것만으로도 우리는 다음 만들 거리를 위해 정보를 적극적으로 찾기 시작하고, 눈앞의 세상에 더 촘촘한 그물을 던지고, 자신의 관점으로 해석해 보려 노력합니다. 책의 시작부터 이야기한 해상도 높은 인생과 놀라울 정도로 비슷하죠?

곁으로 다가오는
좋은 사람

저는 인간관계와 네트워킹을 위해 따로 시간과 노력을 들이는 타입은 아닙니다. '자만추'가 '자연스런 만남 추구'의 준말이듯 저는 '자인추', 자연스러운 인간관계를 추구하죠. 그런 이유로 십여 년 전 회사를 옮긴 이후로 제 인간관계의 풀은 큰 변화가 없었어요. 1년에 한 번 새로운 주니어보드 기수가 들어오면서 늘어나고, 알고 지냈지만 시간이 지나 소원해진 관계들은 자연스럽게 정리되는 패턴이었습니다. 그러다 2017년 첫 책을 썼고, 드라마틱한 변화가 시작됐어요.

'배달의민족'이란 회사에서 제 책을 읽은 마케터들로부터 언제 한 번 놀러와 달라는 초대를 받게 됩니다. 그곳의 에너지 넘치는 마케터들과 친해지다 보니—제가 한 일은 거의 없습니다—자연스럽게 한 다리 건너 알고 지내는 사람들이 생기게 되었어요. 그런데 이 사람들의 결이 좀 다릅니다. 제가 열심히 일하는 사람에서 세상 밖으로 무언가를 내놓는 사람으로 자세를 바꾸자, 마찬가지로 뭔가를 만들어 내놓는 사람들이 제 곁으로 오기 시작합니다.

　무언가를 만들어 내놓은 경험이 있는 분들은 아실 겁니다. 만드는 행위는 무엇을 만들지에 대한 생각의 **정리**와 만들기까지의 **노력**, 내놓는 과정에서의 **용기**, 그리고 그걸 계속해 나가는 **끈기**가 필요합니다. 만드는 일은 남이 만든 것을 평가만 하는 것보다 확실히 더 힘이 들죠. 그래서인지 만드는 사람들은 — 대체로 자신이 무엇을 내놓는 분야에서만큼은 — 더 적극적이고, 하고 싶은 말이 많았습니다. 그들은 잘 다듬은 좋은 센서를 가지고 있고, 자신만의 관점으로 세상을 읽어내려 노력하는 사람들이란 걸 몇 번의 대화로도 알 수 있었어요.

　2장 '관점'에서 인생의 해상도를 높일 수 있는 좋은 방법 중 하나가 좋은 관점을 가진 사람 곁으로 가는 것이라고 이야기했는데요. 시간을 내서 찾아가지 않아도 곁에 좋은 사람이 모이는 건 놀라운 경험이었습니다. 물론 '만드는 이들'과의 연결은 제 친구나 직장 동료들보다는 훨씬 느슨했죠. 하지만 온라인상에서 영감을 얻거나 필요할 때 연락을 하고 도움을 받기엔 충분히 가까운 거리였어요.

게다가 연결의 놀라운 점은 전혀 생각지 못한 곳까지 그 연결고리가 이어진다는 점입니다. 우리 삶에 SNS가 깊숙이 들어오면서 연결의 잠재력은 엄청나게 확장되었습니다. 제 본업은 광고회사 크리에이티브 디렉터(CD)이고 대단한 작가는 아니지만 광고회사 밖에서 제 생각을 궁금해하는 사람들이 생겼습니다. '어떻게 내가 이런 사람들과 연락을 주고받지?' 싶은 연락이 이어졌어요. 저도 제가 온라인 카피라이팅 강의를 할 줄은 몰랐습니다. 제 팀의 홍선미 카피라이터는 유튜브에서 제 인터뷰 클립을 우연히 보고, 마음이 동하여 제가 쓴 책들을 찾아보고, 자연스럽게 제 인스타그램을 팔로우하다가 그곳에 뜬 구인 게시글을 보고 지원해 지금 저와 함께 일하고 있습니다. 말 그대로 연결에 연결이죠.

일을 해볼수록, 프로젝트를 벌여볼수록, 세상의 수많은 가능성은 그저 약간의 계기들을 기다리고 있는 것이 아닌가 라는 생각이 듭니다. 꼭 특정한 누군가가 해야 하는 것이 아닌 기회들이 생각보다 많아요. 그리고 그 기회는 세상 밖으로 목소리를 낸 사람에게 우선적으로 돌아갑니다. 기회를 잡고, 그것을 계속 나여야만 하는 일로 바꾸는 건 기회를 잡은 사람의 능력에 달려 있고요. 돌아보면 제게 벌어진 이 모든 일의 시작은 제가 제 생각을 정리해서 밖으로 꺼내는 시도를 했기 때문입니다. 발신이 있어서, 답신이 있었습니다. 때가 되면 세상이 알아서 나를 알아보고 연락해 올까요? 그런 일은 벌어지지 않습니다.

내가 뭐라고
무얼 만드나

광고인을 꿈꾸는 대학생들을 위한 사회적 재능기부인 TBWA 주니어보드에 십여 년째 참여하고 있습니다. 주니어보드 15명은 7개월간의 과정을 마무리하며 약 500명의 대중 앞에서 7분 스피치를 합니다. 그 스피치 제목이 바로 '망치'이고요. 아직 기성세대가 아닌 20대들이 사회에 던지는, 어쩌면 기성세대들의 생각에 균열을 낼 수도 있는 이야기라서 제목이 '망치'입니다. 〈TED〉나 〈세바시, 세상을 바꾸는 시간 15분〉의 대학생 버전이라고 할까요?

'망치'는 사실 쉽지 않은 발표입니다. 아직 사회생활

도 제대로 시작하지 않은 대학생들에게 500명 앞에서의 무대라니 얼마나 부담스럽겠어요. 그리고 무엇보다 이런 생각이 제일 먼저 들지 않겠어요? 내가 직업적으로 뭔가를 이룬 사람도 아니고, 내가 뭐라고 500명 앞에서 이야기할 거리가 있나. 그런데 신기하게도 담당 멘토와 함께 몇 달 동안 스스로를 들여다보는 과정을 거치면, 누구나 7분 정도는 사람들 앞에 꺼내 보일 만한 이야깃거리를 찾아냅니다. 그리고 관객들은 개념적인 총론보다는 그 개인적인 이야기들에 반응합니다. 20대 초중반 정도의 대학생들이니 다들 비슷비슷한 고민을 하지만, 우리 모두는 살아온 과정이 조금씩 다르고, 그래서 품고 있는 생각도 분명 조금씩 다르거든요. 그 다름에서 흥미가 시작되고요.

어떤 일을 하든 무슨 취미를 가지고 있든 우리는 분명 어느 영역에서 생산자가 될 수 있는 가능성을 품고 있습니다. 어떤 방식의 삶이든 거기에 자신만의 관점과 깊이를 더해 꺼내놓으면 콘텐츠가 될 수 있고, 그 수요는 우리가 예측하는 것보다 훨씬 큽니다. 유튜브에서 엄청난 조회 수를 찍은 영상들을 보세요. 고구마를 키우는 농부가 밭에서 잡은 두더지를 찍은 영상이 수백만 뷰를 기록

합니다. 이케아에서 산 가구를 조립하는 방법도 유튜브에서 찾아보는 세상이라고 하죠. 요즘 세상에 누가 책을 읽느냐는 사람 옆에, 책 리뷰를 찾아보며 즐기는 이들이 있습니다. 사람의 수만큼 취향이 존재해요. 누군가에겐 말도 안 되는 정보들을 누군가는 분명 필요로 하고 있습니다. 그러니 요즘 같은 세상엔 정보의 쓸모를 생산자가 예단하는 것이 무의미해 보입니다. '이런 것까지 궁금해하겠어?' 싶은 정보도, 분명 어딘가엔 궁금해하는 이들이 있기 때문이죠. 요리를 하든 농사를 짓든 피규어를 좋아하든 입시 제도를 꿰고 있든 당신이 깊이 알고 있는 모든 것은 콘텐츠가 될 수 있어요. 그리고 다시 말하지만 이를 소비하는 사람들의 규모는 우리가 생각하는 것보다 훨씬 큽니다.

게다가 요즘은 우리가 가진 것을 미디어와 연결하는 일이 그 어느 때보다 쉬워진 시대입니다. 널리 알리기 위해 전처럼 방송국을 찾을 필요가 없죠. 누구의 손에나 예전엔 수백만 원을 주고 사야 얻을 수 있었던 해상도를 가진 카메라가 들려 있습니다. 유튜브와 페이스북, 인스타그램이라는 강력한 채널까지 이미 세팅되어 있죠. 책 같은 전통적인 미디어는 어떨까요? 여전히 책을 쓰는 일이 쉽지는 않지만, 과거에 비하면 출판사의 수도 엄청나게 늘었고, 출판하는 과정도 더 수월해졌습니다.

그러니 '내가 뭐라고 뭘 만드나'라며 미리 단념하지 말고, 내가 가진 것들을 들여다보고 그중 가장 힘 있는 것을 꺼내놓기 시작해 보세요. 그것이 내 앞에 놓인 세상의 해상도를 신기할 정도로 높여줍니다. 좋은 관점을 지닌 이들이 자연스럽게 곁으로 다가옵니다. 해상도의 선순환이 시작되는 거죠. 마음은 있지만 거창하게 밖에 꺼내놓을 자신은 없다고요? 안심하세요. 내놓는 행위가 꼭 미디어와의 결합을 의미하는 것은 아닙니다. 핵심은 '만드는 일'이에요. 내 안의 불꽃을 꺼내어 다른 형태로 내놓기만 해도 좋습니다.

그렇게 시작하는 거죠. 그것이 일기장에 쓴 글이든 빈 화첩에 그린 스케치든 주말 농장에서 수확한 깻잎이든 중요하지 않아요. 소비하는 이에서 생산하는 이로의 전환. 거기서 균열이 시작되고, 작은 틈에서 들어온 빛이 나를 둘러싼 세계를 어떻게 바꿀지는 아무도 모릅니다. 어떻게 시작할지, 어디부터 들여다보는 게 좋을지 도무지 모르시겠다고요? 또 한 번 안심하세요. 그런 분들을 위해 창조의 입구를 여는 몇 가지 팁들을 바로 소개해 보려 합니다.

나의 시간을
줄이는 일

여러분은 책 쓰는 행위의 본질을 뭐라고 생각하시나요? 몇 권의 책을 내본 제가 보기에 책이란, 결국 '나의 시간을 줄여서 파는 것'이라 생각합니다. 내가 시간을 들여 정립한 것을 압축하고, 불필요한 부분을 제거하여, 그것을 활자로 바꿔 종이에 얹어 파는 거죠. 시간이 자본인 시대잖아요? 사람들은 작가가 줄여서 내놓은 시간이 자신에게 가치 있다고 느껴지면 그것을 삽니다.

우리가 소비하는 콘텐츠도 마찬가지라고 생각해요. 형태가 다를 뿐 본질은 같습니다. 만든 이가 오랜 시간을 들여 완성한 기술이나 생각을 압축한 뒤 형태를 바꾸어 파는 겁니다. 내가 줄여서 내놓은 결과물이 텍스트면, 그것이 책이고 블로그 속의 글이 됩니다. 결과물이 비주얼이면, 그것이 그림이고 카툰이며 일러스트가 되죠. 영상이면, 영화나 드라마이고 '짤'이며 유튜브 콘텐츠가 되는 거죠. 그러니 나의 '무엇'을 졸여 내놓을 것인가를 고민하는 것이 제일 먼저입니다. 그것을 졸여 어떤 그릇에 담을지는 그다음이고요.

■　■　■　■

이미 누군가가 만들어 놓은 것을 찾아 즐기는 삶은 익숙하실 거예요. 그렇다면 나만의 것을 만들어 세상에 내놓는 삶. 궁금하지 않으신가요? 유명한 피로회복제 카피 중에 '드신 날과 안 드신 날의 차이를 경험해 보세요'라는 문구가 있었습니다. 소비하는 삶과 만드는 삶의 차이를 한 번 경험해 보세요. (웃음) 제가 먼저 경험해 보니, 아주 작은 시도만으로도 놀라운 변화를 만날 수 있었습니다.

거창한 시작이 아니어도 좋습니다. 만드는 이가 되는 순간 열리는 세상을 즐겨보세요. 자연스럽게 곁에 다가오는 좋은 관점을 가진 사람들의 힘으로 여러분의 인생에 깊이와 새로운 관점을 더해보시고요. 누구에게나 창조의 씨앗이 있습니다. 그 씨앗을 어떻게 발견할지, 어디서부터 시작할지는 지금부터 설명해 보겠습니다.

아버지는 말하셨지 '시작이 반이다'

제가 일하는 광고업계에서 저는 CD라 불립니다. 크리에이티브 디렉터란 뜻이죠. 글자 그대로 번역하면, '창조 감독'일까요? 창조라는 뜻의 영단어가 맨 앞에 붙어 있는 직업답게, 저는 1년에도 수십 편의 광고를 만듭니다. 수십 편의 광고를 온에어하기 전까지는 그 결과물에 못지않은 잠재력을 가진 수백 편의 시안을 만들고요. 어느새 직급은 높아졌지만 여전히 필요한 순간엔 아이디어를 내고 카피를 씁니다. 틈틈이 생각을 모았다가 몇 년에 한 번씩 책을 내고요. 창조라는 화두에 숟가락을 얹을 만은 하죠? (웃음)

오래 이 일을 했다고 해서 창조가 쉬워지는 일은 없습니다. 다만 결과를 만들지 못하면 어쩌나 하는 막연한 두려움도 이젠 없습니다. 일을 시작하면 어떤 식으로든 결과에 닿을 수 있는 경험과 노하우가 생겼거든요. 창조는 발상부터 실행까지의 지난한 과정을 견뎌야 도달할 수 있는 목적지입니다. 순간 번뜩이는 아이디어만으론 충분하지 않아요. 그럼 창조의 긴긴 과정 중에서 가장 어려운 부분은 어디일까요? 단연코 '시작'입니다. 시작이 반이라는 말은 단순히 오래된 속담이나 성현들의 덕담이 아닙니다. 그 어떤 노련한 크리에이터에게도 시작이 가장 어렵습니다. 저 또한 마찬가지이고요. 하지만 거꾸로 생각하면, 시작만 하면 일은 어떻게든 굴러갑니다. 20년 넘게 뭔가를 만드는 일을 해보니 알겠습니다. 창조의 핵심은 '시작'과 '마감'입니다.

시작은 왜 그렇게 어려울까요? 그건 시작부터 당신의 머리 한구석에 '결과'가 들어있기 때문입니다. 좋은 결과를 내겠다는 마음이 강할수록, 시작은 더 어렵습니다. 왜 그럴까요? 이렇게 하면 저 멋진 결과에 닿을 수 있지 않을까를 의식할수록 머리는 복잡해지고 연필엔 힘이 들어가

기 때문이죠. 그러니 그럴듯한 시작이 아닐 것 같으면 애초에 시작을 하지 못하는 겁니다.

저는 어떤 영역이든 그 끝까지 가보면 전부 이어져 있다고 생각하는데요. 머리를 쓰는 창조와 몸을 쓰는 스포츠는 생각보다 비슷한 부분이 많습니다. 야구든 골프든 스윙에 힘이 들어가면 좋은 타구가 나오지 않는다고 하죠. 저는 야구를 좋아해서 좋은 성적을 낸 야구 선수들의 인터뷰를 자주 보는데요. 정말 잘 맞은 타구는 공이 배트에 맞았는지를 느끼지 못할 정도라고 합니다. 홈런 타자들은 가끔 자신에게 날아온 강속구를 방향만 바꿔서 담장 밖으로 돌려보내는 기분을 느낀다고도 하고요. 잘하겠다고 힘을 잔뜩 준 스윙이 아니라, 연습을 통해 자연스럽게 내 몸동작의 일부가 된 스윙에서 좋은 타구가 나오는 거죠.

같은 맥락에서, 발상할 때 가장 중요한 건 힘을 빼는 일입니다. 힘을 들이는 구간은 발상할 때가 아니라 나중에 결과물의 완성도를 높일 때여야 해요. 그래서 시작할 때 우리가 되뇌어야 할 주문은 '제발'이 아니라 '아님 말고'입니다. 그렇게 부담 없이 생각의 씨앗을 툭툭 내어놓고—저는 종이 위에 생각을 널어놓는다는 표현을 씁니다—판단은 나중에 하면 됩니다. 내놓은 씨앗이 영 별로면 어떡하냐고요? 그 과정을 반복하면 되죠. 시작점이 있다는 건 가능성이 있다는 겁니다. 하다못해 '이 길이 아닌가 봐'를 판단할 수도 있고요.

시작부터 좋은 아이디어는 매우 드뭅니다. 이건 모든 크리에이터들에게 똑같습니다. 다만 경험이 쌓이면, 이것이 좋은 아이디어로 자랄 확률이 있다는 것이 언뜻 보일 뿐이죠. 확신은 들지 않지만 가능성이 보이는 생각의 씨앗들을 몇 개 고르고, 물을 주듯 시간을 투입해서 발전시키다 보면, 분명 그중에서 눈에 띄게 자라는 생각이 있게 마련입니다. 안심하세요. 시작만 하면 정말로 50퍼센트는 해낸 겁니다. 시작이 있으면 어떤 식으로든 결과가 있습니다. 시작으로 인해 우리는 성공하거나, 실패하더라도 분명 배우는 것이 있고, 그다음엔 분명 더 나은 시작을 할 수 있습니다.

가장 어려운 시작

사실 지금까지 말씀드린 시작은 미시적인 시작입니다. 과제가 정해진 상태에서의 시작이죠. 가장 어려운 시작은 과제조차 정해져 있지 않을 때, 말하자면 내가 어디서 시작할지조차 알 수 없을 때입니다. 당신이 지금 누군가가 만들어놓은 것을 즐기는 삶에서 벗어나, 나만의 것을 만들어 세상에 내놓는 삶에 도전하겠다고 결심했다면, 대체 어떤 영역에서 시작할지를 결정하는 것이 가장 막막할 겁니다. 가장 근본적인 시작은 어떻게 하는 걸까요?

이런 문장을 들어보셨나요?

어디를 바라보느냐가 전쟁의 반이다.

제가 굉장히 좋아하는 문장입니다. 누구나 시작할 수 있는 지점 말고, 당신이 제일 잘할 수 있고 또 앞으로도 계속 애정을 쏟아부을 수 있는 지점이 있다면 거기서 시작하는 것만큼 좋은 게 없겠죠. 지금부터 당신이 만들어 낼 세계의 씨앗은 어디에서 찾아야 하는지에 대해 이야기해 보겠습니다.

각자의 이불장

어린 시절의 당신은 어땠나요? 저는 장롱 안에 들어가 숨는 걸 그렇게 좋아했습니다. 엄마 몰래, 동생 몰래 장롱 속에 들어가 안에서 바깥으로 손을 내밀어 문을 닫고 나면, 장롱 특유의 구수한 냄새가 올라와요. 모로 누워 있으면 바닥엔 푹신한 이불이 깔려 있고, 좁은 문틈으로는 딱 적당한 정도의 빛과 소리가 들어오니 딱히 무섭다는 생각도 들지 않습니다. 장롱에 들어가 숨으면 기분이 좋아지는 게 그저 제 개인적인 취향인 줄 알았는데, 아들 재이도 저와 똑같이 이불장에 들어가 숨는 걸 좋아하더군요. 그렇다면 이건 집안의 내력인가 싶어 주위에 물어보니, 주변의 많은 사람들도 어린 시절에 비슷한 경험을 했다고 합니다.

영어로 'Blanket Fort'라는 말이 있습니다. 직역하면 '담요 요새'죠. 소파나 의자 사이의 공간에 이불을 둘러서 텐트처럼 만든 공간을 일컫는다는군요. 얼마나 많은 아이들이 저러고 놀면 그걸 지칭하는 단어가 있을까요? 적당히 밖과 차단된 혼자만의 공간을 만들고 그 안에 들어가 있기를 좋아하는 건 동서양 어린이를 막론하고 비슷할 거란 인류학적인 추측을 해봅니다. 엄마의 자궁 안에 있을 때처럼 포근하고 어둑한 공간을 자라서도 본능적으로 찾는 게 아닐까 하는 생물학적인 추측도 해보고요.

자, 이제 '시작'이라는 화두로 다시 돌아가겠습니다. '근본적인 시작'을 위해 우리가 가장 먼저 할 일은 원래의 나를 들여다보는 일이에요. 어릴 적부터 이유 없이 마음을 빼앗기고 몰입하던 영역이 있을 겁니다. 파고들어 보면 나만 가지고 있는 내밀한 기억, 나를 지금의 나로 만든 순간들이 있겠죠. 누구에게나 그런 순간과 경험은 있습니다.

비유하자면 누구에게나 각자의 이불장이 있습니다. 누구에게나 비밀을 품고 있던 아이 시절이 있죠. 저는 가끔 그런 생각을 합니다. 그 아이는 자라면서 사라진 게 아니라, 그런 순간들을 품은 아이 여럿이 내 안에 웅크리고 있는 것이라고요. 자라면서 성격도 변하고, 기준도 가치관도 변하잖아요? 그런데 그 모든 내가 사라진 게 아니라, 지금의 나를 이루며 존재하는 거죠. 그중엔 없는 듯 있는 아이가 있고, 목소리가 큰 아이도 있습니다.

돌아보면 지금의 저는 한 아이의 부모이자, 한 사람의 남편이자, 한 회사의 직원으로 존재하면서, 반드시 해내야만 하는 일들에 둘러싸여 있습니다. 살면서 만난 사람들과 해온 경험들로 인해, 좋게 말하면 노련한 판단을 하고 나쁘게 말하면 매우 주관적이며 편견에 사로잡힌 결정을 하죠. 제게는 분명 '그렇게 해야만 하는 나'와 '남들에게 보여주고 싶은 나'가 덧입혀져 있습니다. 하지만 그게 본질적으로 내가 원하는 모습은 아니죠. 창조의 씨앗을 '지금의 나'에서 찾는다면, 그 씨앗 또한 '해야만 하는 일'의 연장선 위에서 자랄 겁니다. 그 씨앗이 얼마나 깊게 뿌리 내리고 크게 자랄 수 있을까요? 세상의 다른 창조의 결과물들처럼 비슷비슷한 크기로 자라다 말지 않을까요? 그렇다면 그 결과물이 주목받을 수 있는 확률은 얼마나 될까요?

그러니 '만드는 나'라는 새로운 스테이지의 시작점이 어디일지 감이 오지 않을 때는, 가장 먼저 시간을 들여 원래의 나를 들여다보세요. 각자의 이불장을 살펴보세요. 이렇게 하면 사람들이 좋아할 것 같아서, 이렇게 하면 멋있어 보일 것 같아서 나에게 없는 것을 자꾸 만들어내려 하지 마세요. 그곳에서 좋은 결과물이 나올 가능성은 없습니다. 창조의 씨앗을 찾을 때는, 본능적으로 나를 몰입하게 하고 계속해도 질리지 않고 밀고 나갈 수 있는 영역을 들여다보는 것이 맞습니다. 나는 어떤 아이였나. 전 생애를 걸쳐 나는 늘 무엇에 마음을 빼앗겼고, 어떤 순간에 가장 큰 기쁨을 느꼈는가를 돌아보세요. 남들에게는 없는 나의 강점은 거기에 숨어 있을 겁니다. 그리고 가장 이상적인 창조의 지점이자 더 많은 이에게 사랑받을 가능성, 당대의 무엇이 될 가능성도 분명히 그곳에 있습니다.

굳이

내가 본능적으로 무엇을 추구하는 사람인가를 파악하는 또 다른 방법이 있습니다. '지금의 나'에게서 특정한 부분을 들여다보는 것인데요. 내가 어떤 사람인가를 파악하는 좋은 방법은, 남들이 뭐라고 해도 내가 온갖 어려움을 감수하고 굳이 시간을 들이는 일을 떠올려보는 거예요.

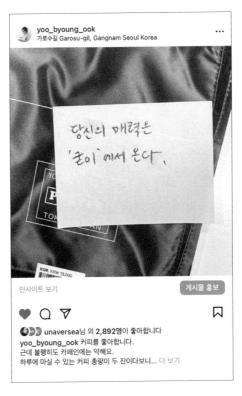

어느 날 올린 인스타그램 게시물

그림 1

얼마 전 제 인스타그램에 이런 글을 올렸습니다. 다른 어떤 글보다 반응이 좋았던 걸 보면, 글의 내용에 공감하는 분들이 많았나 봅니다. 지금부터 제가 드리고 싶은 말과 맥이 닿아 있어 소개해 봅니다.

커피를 좋아합니다.
근데 불행히도 카페인에는 약해요.
하루에 마실 수 있는 커피의 총량이 두 잔이다 보니
한 잔 한 잔이 굉장히 소중합니다.
회사 라운지 커피도 괜찮지만
저는 굳이 드립백을 사서 머그컵에 걸고
정수기 앞에서 졸졸 내려 먹습니다.
그 한 잔은 제게 굳이 그럴만한 가치가 있으니까요.

'굳이'를 마다하지 않는 영역
당신에게도 하나쯤 있지 않나요?

사람들이 멈추는 지점에서 몇몇 사람들은
굳이 조금 더 나아갑니다.
그리고 거기서, 그 사람의 스타일이 생겨요.

굳이 끌어안고 더 좋은 단어의 조합을 찾아 내미는
카피라이터.
누가 안다고 조명에 필터를 걸었다 뺐다 하는
조명 감독님.
그대로 내놓으면 남들은 몰라도
나는 못 견디겠는 '굳이'가 있을 거예요.
그리고 거기에 당신의 진짜가 있습니다.

'굳이'는 남들이 당신을 공격할 때 쓰이겠지만
밖에서 당신을 찾기 시작한다면
아마 당신의 그 '굳이' 때문일 거예요.
당신의 매력은 아마, 그 '굳이'에서 시작될 겁니다.
(후략)

우리 모두에겐 '굳이' 하는 일들이 있죠. 그 '굳이'를
한번 떠올려보세요. 흥미롭게도, 그 '굳이'에 당신이 중요
하게 생각하는 가치가 숨어 있을 겁니다. 그렇지 않나요?
그 '굳이'는 당신을 까다롭게 보이게 하고, 당신을 미워하
는 사람들이 당신을 공격하는 용도로 쓰기에도 딱 좋겠지
만, 당신이 다른 사람들과 달라 보이는 지점도 바로 그 '굳

이'에서 시작될 겁니다. 그러니 그곳에 창조의 씨앗이 숨어 있을 확률이 높죠.

제 '굳이' 중 하나는 '연필로 쓰기'입니다. 제 책상 위에는 종류가 다른 연필들이 80자루 정도 있어요. 문구점에 가서, 여행지를 가서 틈틈이 사 모은 연필들에, 제가 연필 좋아하는 걸 알고 후배들이 이곳저곳에서 사 온 연필들이 모여 그 수는 매년 늘어나는 중입니다. 저는 평소에 막 쓰는 연필과 중요할 때 쓸 ─ 특별한 사연이 있는 ─ 연필을 따로 구분해서 모아두는 중인데요. 중요한 문장을 쓰고 싶을 때면 사연 있는 연필통을 가만히 들여다보다가, 그중 마음에 드는 하나를 골라 씁니다.

아무 연필이나 집어서 막 쓰는 글과 어디서부터 왔는지 사연을 알고 있는 연필을 골라, 쓰기 전에 미리 다듬고, 흑연이 종이 위에서 부서지는 감각을 느끼며 쓰는 카피는 다릅니다. 다른 사람은 몰라도 저는 그 차이를 느껴요. 그 행위가 쓰는 순간의 저를 더 집중하게 하고, 더 풍성하게 존재하게 만듭니다. 연필 지상주의자인 제 관점에서 보면, 인생의 어느 순간에 우리는 키보드를 치우고 좋아하는 연필을 골라서 천천히 쓰는 행위가 필요합니다. 물론 위의 문장에서 연필을 만년필 같은 각자의 필기도구로 바꾸는 건 괜찮습니다. (웃음)

제 '굳이'가 연필로 쓰기라면, 제가 추구하는 남다름도 쓰는 행위 안에 있겠죠. 제가 굳이 번거로움을 감수하는 영역이니까요. 저의 '부캐'는 작가이지만 '본캐'는 카피라이터인지라, 제가 주로 쓰는 글은 광고를 구성하는 카피입니다. 시도 소설도 아닌 광고 카피를 누가 관심 있게 보겠나 싶지만, 그럼에도 제게는 그 한 줄 한 줄이 중요합니다. 광고는 가장 홀대받는 미디어이기도 하지만, 누가 뭐래도 대중문화의 중요한 구성 요소거든요. 적어도 저는 그런 직업적 자존감을 가지고 일하고 있습니다.

광고 일을 하면서 줄곧 저는 광고는 브랜드의 문제 해결이어야 한다고 주장하고 있습니다. 그리고 그 문제 해결에도 여러 가지 방식이 있을 수 있다고 믿어요. 요즘 제 화두는 '아름다운 문제 해결'입니다. 브랜드가 처한 문제를 커뮤니케이션의 힘으로 해결하면서도, 적어도 한두 가지 포인트에선 아름다웠으면 좋겠어요. 그것이 아는 사람만 아는 디테일이라고 해도 좋습니다. 그래서 조명 감독님의 저 절묘한 빛이, 미술 감독님의 탄성을 지르게 만드는 아트워이, 쉽게 소비되고 사라질 광고에 어울리지 않는 사치라고는 생각하지 않아요. 퀄리티란 결국 디테일의 합이기 때문이죠. CD로 일하면서 현장의 동료들이 남들의 시선이나 기준과는 상관없이 추구하는 디테일들이 느껴질 때면 — 직접 그 마음을 전하지 못할 때가 훨씬 많지만 — 아직도 가슴이 두근거리고 마음 깊은 곳에서부터 그를 향한 리스펙트의 마음이 샘솟습니다.

그래서 요즘 카피를 쓸 때면, '아름다운 문제 해결'이란 화두를 늘 떠올려요. 남몰래 제 머릿속에 찍어둔 지향점입니다. 문제 해결도 아름다울 수 있다. 이 명제를 광고 카피를 통해 증명하고 싶어요. 제 전공은 카피라이팅이니까요. 그래서 가끔 후배 카피라이터들과 맥주를 마시면서 이야기합니다. "나는 우리들의 카피가 김애란이나 정세랑의 문장처럼 사랑받을 수 있다고 생각해. 우리가 카피의 한계를 미리 긋지만 않으면 충분히 가능해. 우리가 만족하는 이 지점에서 더 들어가보자." 써놓고 보니 듣는 후배 카피라이터들에겐 좀 부담스러웠겠군요. (웃음)

제 개인적인 취향이나 믿음과는 별개로, 저는 우리 모두 각자가 가진 '굳이'를 더 자랑스러워했으면 좋겠습니다. '굳이'는 당신만의 뾰족한 취향과 기준점입니다. 그것이 당신의 인생을 더 입체적으로 만들고, 당신을 사람들 사이에서 도드라지게 만들어요. 심지어 그것이 당신에게 돈을 벌어주는 시대이기도 합니다. 그러니 꼭 한번 들여다보세요. 당신의 '굳이'가 무엇인지. 그것은 분명 당신의 강점을 선명하게 보는 데 도움이 됩니다.

그리고 필요한,
2시간

딱히 작가를 꿈꿨던 건 아닌데, 생각하고 글을 쓰는 일을 직업으로 삼다 보니 자연스럽게 책을 네 권째 쓰고 있습니다. 바쁘기로 유명한 광고회사에서 어떻게 계속 책을 내느냐고 묻는 분들이 많은데요. 다행스럽게도, 첫 책보다는 확실히 다음 책들이 쓰기 수월합니다. 어떻게 하면 긴 호흡의 결과물을 만들어낼 수 있는지 방법을 알게 되었거든요.

여러 방법 중에서도 핵심은 '평소'입니다. 글의 실마리가 될 수 있는 생각들을 평소에 무엇이든 쌓아놓는 것이 중요해요. 갑자기 영감이 미친 듯이 떠올라서 글을 쓰는 모습은 드라마에서나 가능한 장면입니다. 잘하면 10장 정도의 이야기를 적어 내려갈 수는 있겠지만, 300페이지의 글을 쓰는 것은 불가능해요. 책이 아닌 다른 결과물도 마찬가지입니다. 평소에 틈틈이 생각해 보세요. 산책을 하며, 샤워를 하며, 마음이 맞는 친구와의 술자리에서, 또는 낯선 도시의 벤치 위에서. 내가 언젠가 무언가를 만든다면 그것이 무엇이 될지, 아주 어렴풋한 실마리라도 떠오른다면 꼭 적어두세요. 그것이 답이 아니어도 상관없습니다. 그 생각을 반복하고, 그것을 쌓아두는 것이 중요해요.

재료를 마련해 두었다면, 이제 필요한 것은 단순합니다. 딱 2시간만 준비해 주세요. 일주일에 2시간이 아니라, 딱 한 번의 2시간입니다. 대신 그 2시간 동안 당신을 괴롭히는 것은 아무것도 없어야 합니다. 아무것도 하지 않아도 되는, 완벽하게 몰입할 수 있는 2시간. 별것 아닌 것 같지만 아무렇게나 뚝 떨어질 수 있는 시간은 아닙니다. 준비가 필요하죠. 제가 쓴 책들도 시작의 시작까지 돌아가 보

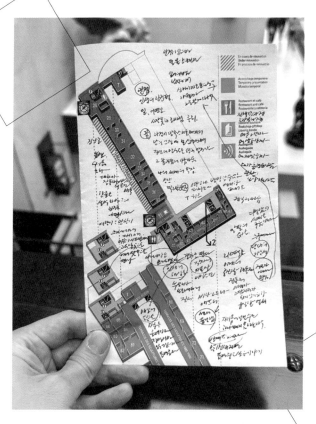

파리 출장지에서의 2시간. 미술관의 플로어 맵에 떠오른 생각들을 적었습니다.
놀랍게도 이날 떠올린 많은 단어들이 실제로 이 책의 목차가 되었습니다.

그림 2

면, 그 어떤 방해로부터도 자유로운 2시간이 있었어요. 다만 그 장소는 매번 달랐습니다. 『생각의 기쁨』은 중요한 보고를 마치고 홀가분한 마음에 앉아 있던 종각의 카페에서 시작되었습니다. 『평소의 발견』, 『없던 오늘』의 시작은 다음 책을 써야겠다 다짐하고 앉은 회사 건너편의 카페였죠.

2시간을 준비해 주세요. 땔감이 있다면 필요한 것은 불꽃입니다. 재료를 쌓아놓는다고 저절로 요리가 되는 일은 없습니다. 이 책 또한 평소에 메모장에 수많은 생각을 쌓아놓았다가, 아무것도 하지 않아도 되는 출장지에서의 2시간을 계기로 시작되었습니다. 평소 스마트폰 메모장에 모아두었던 생각들을 천천히 들여다보고 어떻게 요리할지 생각을 정리할 수 있었던 소중한 시간이었던 거죠.

앞의 이야기로 돌아가 보겠습니다. 당신이 지금 근본적인 시작점을 찾지 못하고 고민만 계속 하고 있다면 먼저 '각자의 이불장'을 떠올려보세요. 원래의 내가 정신없이 몰입하는 분야는 무엇이었는지. 혹은 당신이 '굳이' 하고야 마는 일들을 떠올려보세요. 지금 당신에게 가장 중요한 가치는 무엇인지. 틈틈이 그런 생각을 해둔 채로 스스로에게 선물하듯 완벽하게 비운 2시간을 준비해 보세요. 당신이 시작하길 원하는 프로젝트가 전술보다 전략이 필요한 일이라면, 방법보다 방향이 중요한 일이라면 꼭 한번 시도해 보시길 권합니다.

■ ■ ■ ■

반대편의
의자

어디에서 시작할지 감이 왔다면 그것을 어떻게 다룰지도 중요하겠죠. '시작' 단계에서 유용한 또 하나의 팁을 소개해 보겠습니다. 이건 제가 프레젠테이션을 준비할 때 늘 의식적으로 시도하는 방법인데요. 저는 중요한 발표를 준비할 때면 꼭 '반대편의 의자'라고 이름 붙인 시간을 갖습니다. 오랫동안 준비한 발표의 마지막 순간, 프로젝트의 결과물이 목표한 이들에 닿는 순간을 상상해 보는 것인데요.

그날 저를 마주보고 있는, 제 반대편의 의자에 앉아 있는 사람들이 어떤 사람들일지를 최대한 자세하게 상상해봅니다. 함께 일하는 동료들을 통해 그분들에 대한 가능한 한 많은 정보를 얻어냅니다. 몇 분이 와서 앉아 계실지, 그분들의 연령대는 어떨지, 성비는 어떻고 담당 업무는 어떻게 분포되어 있을지, 그리고 그중에서도 딱 한 명을 설득해야 한다면 그 키맨keyman은 누구일지를 미리 설정합니다.

똑같은 내용도 듣는 사람의 환경과 상황에 따라 완전히 다르게 전달될 수 있기 때문이죠. 말하는 사람에게는 쉬운 내용이 듣는 이에겐 생소할 수 있습니다. 그럴 땐 멋지게 말하겠다는 생각을 접고 쉬운 단어를 쓰는 편이 훨씬 낫습니다. 반대로, 내겐 신선하지만 상대방은 수없이 들어본 이야기인 경우도 있습니다. 정말 유려한 프레젠터의 목소리가 그저 백색소음이 되는 프레젠테이션 현장을 종종 봐요. 형식이 아무리 좋아도 내용이 뻔하면 청중은 듣는 에너지조차 쓰고 싶지 않은 거죠. 이럴 땐 짧게 본론만 이야기하는 게 낫습니다. 때론 나의 최선이 상대방에겐 원치 않는 고통이 될 수 있습니다.

반대편의 의자에 누가 앉아 있을지를 구체적으로 떠

올리게 되면, 내 이야기를 어떤 식으로 다뤄야 할지가 더 선명해집니다. 저는 이게 단지 프레젠테이션에만 해당되는 이야기가 아니라고 생각해요. 당신이 종이에 글을 적고 있다면 그 종이의 반대편엔 그 글을 읽고 있을 누군가가 있게 마련입니다. 영상을 찍고 있다면 그 카메라 반대편엔 그 영상을 보고 있는 누군가가 있죠. 내가 요리를 만들어 내놓는다면, 식탁 반대편엔 그 접시를 받아 든 사람이 있을 겁니다.

그 사람들을 상상해 보세요. 그들이 내가 제공하는 것 말고 이미 즐기고 있는 것은 무엇일까? 그렇다면 내가 만들어낼 이것은 그것들과 어떻게 다를까? 비슷한 게 이미 많다면 나는 무엇으로 승부를 봐야 할까? 더 쉬워져야 하나? 더 아름다워야 할까? 더 짧은 요약본이 필요할까? 양으로 승부해야 하나? 안심하세요. 모든 것이 새로운 창조물이란 애초에 불가능합니다. 이미 존재하는 것에서 한두 가지 포인트만 달라도 돼요. 대신 그로 인해 조금이라도 새롭고 매력적으로 느껴지면 됩니다.

마법의 단어,
마감

자, 그리고 이제는 마법의 힘을 빌릴 차례입니다. (웃음) '매직워드^magic words'라는 표현을 들어보셨나요? 영어권 사람들은 'Please', 'Thank you', 'Sorry' 같은 단어들을 매직워드라 부릅니다. 이 단어를 붙이면 표현이 훨씬 부드러워지고, 그래서 안될 것 같은 일도 되게 만드는 마법 같은 힘이 있다 해서 '매직'이라는 표현을 쓰죠. 외국 영화나 드라마에서 아이들이 예의 없는 말투로 이야기했을 때, 부모가 이렇게 되묻는 장면을 보셨을 거예요.

"What's the magic word?"
그럼 뭐라고 말해야 할까?

창조의 세계에도 매직워드가 있습니다. 그것은 바로 '마감'이에요. 마감에는 놀라운 힘이 있습니다. 저는 그걸 거의 매일 경험하며 산다고 해도 과언이 아닙니다. 광고 회사의 업무는 몇 월 며칠까지 온에어해야 하는 복수의 프로젝트들로 구성되어 있죠. 그 데드라인을 거꾸로 계산해서 촬영일을 잡고, 그 촬영일을 맞추기 위한 아이디어 회의와 보고 일정을 잡습니다. 마감이 있으면 일은 어떻게든 굴러갑니다. '이걸 어떻게 다 쳐내지?' 싶은 일들도 마감이 있으면 어떻게든 결과로 이어집니다. 좋은 리더란 결국 프로젝트에 필요한 작은 마감들을 효율적으로 설정하고, 동료들이 그것을 완수하도록 독려하는 사람입니다. 가끔 광고주의 사정으로 마감일이 사라진 오픈 프로젝트가 진행될 때가 있는데요. 그런 경우는 슬프게도 절반 이상의 프로젝트가 엎어집니다. 아마 많은 직장인분들은 고개를 격하게 끄덕이실 거예요.

'광고회사 친구와는 약속을 잡는 게 아니다'라는 농담이 있습니다. 요즘은 전보다 훨씬 덜 하지만 광고 일을 하다 보면 여전히 야근해야 할 경우가 생기고, 업무가 변화무쌍해서 약속을 취소해야 하는 상황이 종종 발생하거든요. 그 생활 속에서 틈틈이 글을 써서 벌써 네 권째 책을 낸 사실을 떠올리면, 저도 얼떨떨합니다. 아마 저 사람은 굉장히 꼼꼼하고 계획적일 것이라고 많은 분이 예상하시겠지만, 제 MBTI의 마지막 알파벳은 P입니다. 이 말도 안 되는 일을 가능하게 만든 건 단언컨대 마감이에요. 기한이 정해지고 그 기한이 다가오면, 인간인 이상 누구나 신경이 쓰이게 마련입니다. 'PT 쌤'의 문자가 게으른 이를 러닝머신 위에 오르게 하는 것처럼, 마감은 저 같은 사람도 없던 힘을 내어 책상 위에 앉게 하죠.

마감에는 놀라운 힘이 있습니다. 제가 이 문장을 반복하는 이유는, 몇 번이고 강조해도 부족할 만큼 강력한 장치이기 때문이에요. 뭔가를 만드는 삶을 살겠다는 결심이 섰다면, 반드시 '마감'의 마법을 이용해 보세요. 우리들 인생에, 시작은 했지만 흐지부지되는 일들이 얼마나 많은가요? 그것을 끝까지 가게 만드는 장치가 바로 마감입니다. 여기서 강조하고 싶은 말씀이 있어요. 제가 이야기하는 마감이 꼭 출판사나 회사가 정한 공적인 마감만을 뜻하는 것은 아닙니다. 사적인 마감도 충분히 강력할 수 있습니다. 다만 이럴 땐, 가능하면 외부에 알리세요. 금연 결심을 주위에 알리면 실제 금연으로 이어질 확률이 올라가듯, 나는 언제까지 무엇을 하겠다는 결심을 내가 아닌 누군가에게 알려주세요. 가까운 친구 몇 명에게라도 좋고, 지켜보는 사람이 많은 SNS에 올린다면 더 좋습니다. 각자의 마감을 공유하는 모임을 만드는 것도 좋습니다. '나는

올해 안에 꼭 짧은 글을 써볼래.', '나는 다음 달까지 유튜
브에 콘텐츠를 하나 올려볼래.', '난 겨울 동안 ○○○를 배
워볼래.'

그리고 시작하는 날과 마감일 사이에, 군데군데 작은
마감들을 심어놓으세요. 멀리 달릴 때 옆에서 같이 뛰는
페이스 메이커처럼, 지금 내 위치를 파악하고 중간에 그
만두지 않고 완주할 수 있도록 도와줍니다. 작은 마감의
간격이 얼마나 촘촘하면 좋을지는 그야말로 각자의 취향
입니다. P가 보기엔 숨 막힐 수도, J가 보기엔 한심할 수도
있으니 섣불리 글로 적지 않겠습니다. (웃음) 분명한 것은,
내 것을 만들어본 경험이 쌓일수록 나에게 잘 맞는 과정
관리의 노하우가 쌓일 거예요. 처음보다 다음이, 그다음이
훨씬 수월해지는 비결이 여기에 있습니다.

■ ■ ■ ■

이번 장에선 '창조'를 화두로 말씀드렸습니다. 세상에, '창
조'라니. 대기업이나 정부의 보고서에나 어울릴 법한 거대

한 단어죠. 하지만 단어의 크기에 주눅 들지 말고, 아무렇지 않은 눈으로 이 단어를 다시 봐주세요. 만드는 모든 것은 사실 '창조'입니다. 게다가 우리 모두는 적어도 한 영역에서는 창조의 주체가 될 수 있는 가능성이 있어요. 그리고 앞서 말씀드린 것처럼, 창조하는 편에 서는 순간 열리는 세상은 놀라울 정도입니다.

그러니 안 된다고 미리 선을 긋지 말고, 만들어 내놓는 삶을 향해 한 발 내디뎌 보세요. 딱 한 발자국이면 됩니다. 어디서 시작할지 고민하고, 어떻게든 단 한 발이라도 내딛고, 마감이라는 장치의 힘을 빌리면 당신은 반드시 어떤 형태로든 결과물을 앞에 두게 될 것입니다. 그것이 시시하고 별것 아닌 것 같아도, 결과는 결과입니다. 그리고 그 결과를 시작으로 다음 단계가 찾아온답니다. 그 과정을, 할 수 있는 만큼 반복해 보세요. 무엇을 하면, 어떤 일이든 일어납니다. 여러분에게 찾아올 행운을 빌며 다음 장으로 넘어가겠습니다.

6   매일:

꾸준히 내놓는 삶을
만드는 비밀

10대부터 20대까지, 가수 신해철의 굉장한 팬이었습니다. 고등학생 때까지는 크리스마스 캐롤을 포함해서 그가 내는 모든 앨범을 사서 듣고, 구할 수 있는 모든 인터뷰 기사를 오려 신발 상자 속에 모았습니다. 그때의 저는 신해철과 그가 이끄는 그룹 넥스트^{Next}의 음악이 영원할 거라 믿었어요. 그가 어느 라디오 공개 방송에서 "이 멤버들과 죽을 때까지 함께 곡을 만들고 노래하고 싶어요"라고 말하는 것을 라이브로 듣고는 행복감에 가슴이 빠르게 뛰던 순간이 아직도 기억납니다. 정말로 그렇게 될 수 있다고 믿었어요. 음악을 굉장히 좋아했던 소년이었던지라, 앨범을 계속해서 히트시키는 밴드가 많지 않다는 사실쯤은 알고 있었습니다. 게다가 세상엔 '원 히트 원더'라 불리는, 단 한 장의 앨범만 성공시키고 사라지는 뮤지션도 많다는 사실도요. 하지만 그게 무슨 상관인가요. 당시 제 머릿속의 해철이 형은 서태지와 함께 한국 대중가요계를 양분하는 천재였던 걸요. 아, 물론 지금도 그 생각엔 변함이 없습니다. (웃음)

그러다 96년, 서태지와 아이들이 창작의 고통을 호소하며 은퇴를 선언하고, 97년, 음악적으로 더 이상의 것을 보여줄 수 없다며 넥스트도 해체를 선언합니다. 이해할 수 없었죠. 지금까지 했던 것처럼 계속 만들어주면 되는데. 설령 비슷비슷한 곡들이라 해도 난 얼마든지 좋아해줄 수 있는데. 뭐가 그렇게 힘들고 고통스럽나. 하던 대로 하는 게 그렇게 어렵나?

하지만 이제는 알겠습니다. 창작의 에너지를 계속 유지하는 것은 대단히 힘든 일입니다. 이 생각은 제 개인적인 푸념이 아니라, 수많은 크리에이터들의 입을 통해 공통적으로 나오는 이야기예요. 영감의 힘만으로 결과물을 만들다 보면 분명 한계를 만나게 됩니다. 그럴 때 우리는 거기서 멈추거나, 고통스럽게도 비슷한 결과물을 계속 만들어내는 동어 반복의 길로 들어서게 되죠.

창작에 필요한 건 계속해서 터지는 불꽃이 아닙니다. 작가 무라카미 하루키는 잠깐 반짝이고 사라지는 작가가 되지 않기 위해 — 그의 표현을 빌리면 '문학의 조루'를 막기 위해 — 필요한 건 마라톤과 같은 꾸준함이라고 말합니다. 작가들의 인터뷰를 읽어보면 책을 쓰게 만드는 근본적인 능력은 순간적인 영감의 폭발보다, 꾸준히 자신을 의자에 앉힐 수 있는 의지라고 말해요. 회사원이 출근하듯 매일 같은 시간에 일어나 필요한 분량을 쓴 뒤에야 일과를 시작한다는 헤밍웨이의 인터뷰를 읽고 충격을 받았던 기억이 납니다.

제가 처음 광고회사에 들어갔을 때가 떠오릅니다. 그때 선배들은 제게 "문인이 담배도 안 태우면서 무슨 글을 쓰냐?"라고 말하며 웃었어요. 중요한 회의를 앞두고 갑자기 사라져 며칠 잠수를 타던 카피라이터가 갑자기 회의실에 나타나 엄청난 카피가 적힌 종이를 툭 내밀었다는 전설이 입에서 입으로 전해졌습니다. 분명 창의력의 세계에선 즉흥적으로 능력을 발휘하는 천재들에 대한 동경심이 있습니다. 어린 마음에 저도 그런 모습이 멋져 보였고, 그런 천재가 되고 싶었죠. 하지만 이제는 말씀드릴 수 있습니다. 술김에 이태백처럼 써내려 간 카피가 세상을 놀라게 할 수도 있지만, 그런 일이 계속될 수는 없어요.

창조를 계속하기 위해 필요한 것은 무엇일까요? 제가 찾은 답은 '좋은 매일의 반복'입니다. 나를 파괴하는 방식으로는 콘텐츠를 오래 만들 수 없습니다. 연료가 공급되지 않는 불빛은 촛불처럼 언젠가 꺼지기 마련입니다. 이번 시간에는 꾸준히 지치지 않고 뭔가를 만들 수 있는 생각의 기초 체력을 키우는 법, 꾸준히 나의 것을 내놓는 삶을 위해 우리가 취해야 할 매일에 대해 이야기해 보겠습니다.

루틴

자기계발서를 잘 읽지 않는 제가 인상적으로 읽은 자기계발서가 있습니다. 『타이탄의 도구들』이란 책인데요. 각 분야에서 세계 최고라 불릴 만한 거인 ― 타이탄 ― 들을

200명 넘게 인터뷰하고, 그들이 어떻게 성공을 거두었는지를 정리한 책이에요. 자기계발서이긴 하지만 하나의 컨셉을 수백 장으로 부풀려 쓴 책이 아니라, 3년 동안 작가가 직접 만난 사람들의 이야기를 정리한 책이라 꽤 두꺼운 분량임에도 흥미를 잃지 않고 끝까지 읽을 수 있었습니다.

책의 첫 부분에서부터 저는 신선한 충격을 받고 맙니다. 자신을 세계적인 인물로 만든 비결이 뭐냐는 질문에, 많은 타이탄들은 이렇게 대답합니다.

잠자리를 정리하세요. 이불을 개세요.

각 분야의 거인들이 성공의 비결로 이야기하는 건, '내 삶을 내가 제어하고 있다는 감각'이었어요. 오늘 하루 어떤 일이 일어날지는 알 수 없지만 적어도 내 공간은 내가 통제하고 있다는 감각, 그 작지만 분명한 성취감은 자존감으로 이어지고, 그것은 또 다른 일을 해낼 수 있는 용기로 이어진다는 내용이었습니다. 성취를 위한 첫걸음이 '이불을 개라'라니. 흥미롭지 않나요?

크리에이티브를 다루는 일도 크게 다르지 않다고 생각합니다. 무엇인가를 만드는 데 필요한 건 천재적인 영감과 미친 듯한 몰입과 밤샘이 아니라 자기 자신과의 사소한 약속, 설정한 루틴을 지키는 것에서부터 시작합니다. 앞 장에서 창조의 핵심은 시작과 마감이라고 말씀드렸죠? 그 시작을 수월하게 하는 것이 바로 '루틴'입니다.

우리들이 자주 갖는 환상 중에 이런 게 있습니다. '시간이 나면, 내가 진짜 하고 싶은 일을 할 거야.' 아주 틀린 말은 아닙니다. 미친 듯이 바쁜 날들이 이어질 때, 먹고사는 일 이외에 다른 에너지를 창조에 쓴다는 건 불가능에 가깝습니다. 탈수기에 들어갔다 나온 것처럼 모든 것을 짜내고 집에 돌아가던 길, 음악을 듣는 것조차 힘들어 귀에 이어폰도 끼지 못했던 경험, 다들 있으시잖아요?

하지만 불행하게도, 완벽한 타이밍에 완벽하게 비워진 시간이 내게 찾아오는 일이란 없습니다. 게다가 로또를 맞듯 그런 날이 온다고 한들, 우리가 그 시간에 생산적인 일을 할 확률도 없습니다. 지금 저에게 완벽한 자유가 주어진다면? 저는 완벽하게 널브러져 있을 자신이 있습니다. (웃음) 넓은 들판에 공을 하나 놓고 신나게 놀라고 하면 누구나 잠시 공을 차다 그만둘 겁니다. 여럿이 있다 해도, 몇 번 공을 주고받다 말 거예요. 공놀이를 축구라는 스포츠로 만드는 건 네모반듯한 선과 골대와 오프사이드라는 규칙입니다. 간단한 룰과 제한 사항 속에서 집중력과 영감이 태어납니다.

그러니 여러분도 뭔가를 만드는 삶을 계획하고 계신다면, 아주 간단한 규칙 속에 여러분을 집어넣어 보세요. 창조는 일단 불이 붙으면 모든 것을 잊고 몰입할 수 있을 만큼 재미있지만, 그 불을 붙일 때까지 꽤나 귀찮고 번거로운 시간을 견뎌야 합니다. 앉으면 바로 생각이 튀어나오는 크리에이터는 없습니다. '의자에 앉는 의지'가 필요하다고 말씀드렸었죠? 하루키나 헤밍웨이도 그랬다잖아요. 우리들 대부분은 이 시간을 견디지 못하고 금방 포기합니다. 그러면서 이렇게 말하죠. "나는 창의적인 사람은 아닌가 봐."

내 생활 속에 사소한 루틴을 하나 넣어보세요. 이불을 개는 정도의 난이도면 충분합니다. '매주 목요일엔 10

분만 책을 읽는다. 책은 나무로부터 태어나니까 내가 책을 읽는 날은 목요일이다.' 정도의 설정이어도 충분합니다. 그렇게 하나의 루틴만 실행해 보세요. 그리고 그 루틴을 지킬 수 있다는 것만 증명해 보세요. 첫 루틴은 부담이 없을수록 좋습니다. 핵심은 '루틴을 지키는 것'이니까요. 그러니 부담스럽게 아웃풋을 내어놓기보다는, 인풋을 집어넣는 루틴이 좋겠습니다. 그렇게 창조적인 생활을 위해 내 생활을 제어하고 있다는 감각을 느껴봅니다. 남이 시켜서가 아니라 내가 스스로에게 한 약속을 지키다 보면 생각보다 뿌듯하고 기분이 좋아질 거예요.

그다음엔 사소해도 좋으니 내 안에 쌓인 것을 꺼내는 루틴을 시도해 봅니다. 이 또한 대단하지 않아도 됩니다. 이를테면 일주일에 딱 한 번, 10분간만 쌓인 생각을 적어보는 시간을 가져보세요. 앉아서 커피 마시며 10분. 아무리 바빠도 일주일에 10분 정도는 낼 수 있잖아요? 적어 내려가는 생각이 대단할 필요도, 아름다운 문장일 필요도 없습니다. 창조는 나 자신과의 대화이니, 이 시간만큼은 누군가를 곁에 두지 말고 나 자신을 앞에 두고 앉아보세요.

그리고 그 시간과 횟수를 조금씩 늘려보세요. 일주일에 한두 번이라도 인풋과 아웃풋의 시간을 루틴으로 갖는 사람이 되면, 변화가 시작됩니다. 화초를 키워보면, 처음엔 연약한 잎의 일부였던 것이 단단한 줄기가 되어 나무를 지탱하는 경우가 있죠? 루틴이 그런 일을 합니다. 인풋과 아웃풋이 반복되면 그것은 당신을 소비하는 이에서 만드는 이로 바꾸는 축이 됩니다. 그리고 그 축이 단단해지면 어떤 형태로든 콘텐츠가 쌓여요.

2017년에 첫 책 『생각의 기쁨』을 내고 놀라운 일이 있었습니다. '배달의민족'의 마케터들이 제 책 속의 '짧은 글이 넘치는 시대, 긴 글의 중요성'에 대한 글을 읽고 영감을 받아, '목요일의 글쓰기'라는 모임을 시작했습니다. 매주 목요일마다 자유로운 주제로 긴 글을 쓰고, 멤버들끼리 서로 글을 공유하지만 평가는 하지 않았다고 합니다. '목글' 모임 이후로 멤버들에게 생긴 변화를 들을 기회가 있었는데요. 매주 목요일이 오기 전이면 이번 주에는 어떤 글을 쓸까 늘 안테나를 세우게 되고, 그러다 보니 일상을 좀 더 촘촘하게 들여다볼 수 있었다고 합니다.

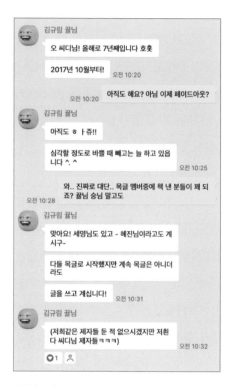

루틴의 순기능.

배달의민족 출신 마케터들은 수년째 목요일마다 글을 씁니다.

그림1

정말 대단한 일은, 목글 모임이 2017년부터 올해까지 7년째 이어지고 있다는 점이에요. 그리고 목글 멤버 중 네 분 정도가 실제 책을 낸 작가가 되었습니다. 『매일의 감탄력』을 쓴 김규림 마케터, 『별게 다 영감』을 쓴 이승희 마케터 모두 목글 멤버입니다. 제 책의 한 구절이 대단했다는 이야기를 하려는 게 절대 아닙니다. (웃음) 루틴을 설정하고, 그걸 밀고 나간 결과가 만들어낸 변화가 놀랍습니다. 목요일의 글쓰기는 그분들에게 트리거가 된 거죠.

본캐와 부캐가 공존하는 시대입니다. 지금 당신의 본캐가 무엇이든, '창조하는 나'를 어색해하지 마세요. '내가 무슨…'이라고 생각하지 말고, 아주 작은 시작이라도 인생의 시간표 속에 넣어보세요. 인생의 많은 일들이 그렇듯, 변화는 거기서부터 시작됩니다. 꾸준함의 힘을 빌려보세요. 느리지만 분명한 변화를 만나실 수 있습니다.

■　■　■　■

크리에이티브 세상을 여행하는
히치하이커를 위한 팁

자극을 줄 수 있는 곁으로

2장 '관점'에서 '곁'의 힘에 대해 말씀드렸죠? '곁'은 우리의 관점을 확장시켜 주기도 하지만, 선뜻 시작할 수 없었던 일을 도전하게 만드는 마중물이 되기도 합니다. 우리가 PT 선생님의 힘을 빌리는 건, 혼자 운동을 하는 것이 결코 쉽지 않기 때문입니다. 생각의 영역에서도 '곁'을 활용해 보세요. 배우고, 만들고, 내놓는 작업이 훨씬 수월해집니다.

누가 뭐래도 가장 밀도 높은 지적 자극은 대면 모임이죠. 그러니 영감을 줄 수 있는 사람을 정기적으로 만날 수 있다면 그보다 좋을 수는 없을 겁니다. 의도적으로 그리고 정기적으로 이들 곁으로 가서 자극을 받아보세요. 자주 쓰는 근육은 발달되고 쓰지 않는 근육은 퇴화되는 것처럼, 창조의 근육도 사라지지 않게 계속 유지해 주는 것이 좋습니다. 따로 결과물을 목표로 한 프로젝트를 하지 않아도, 곁에 가 있는 것만으로도 도움이 됩니다. 요즘은 영감을 줄 수 있는 이들을 정기적으로 만나는 방법이 그 어느 때보다 다양해졌죠. 조금만 검색해 보면 살롱 스타일의 독서 모임이나 글쓰기 모임을 찾을 수 있습니다. 백화점의 문화센터나 동사무소, 구청 등에서도 심심치 않게 좋은 강연들을 만날 수 있어요.

하지만 정보 접근성이 떨어지는 곳에 사시는 분들도, 도저히 대면 모임을 할 시간이 안 나시는 분들도 계실 겁니다. 이럴 땐 '곁'의 범위를 조금 유연하게 생각하셔도 좋습니다. 넓게 보면 양질의 콘텐츠를 제공하는 정기적인 간행물이나 인사이트를 주는 크리에이터의 영상을 구독하는 것도 '곁'으로 가는 훌륭한 방법입니다. 메일링 서비스도 좋죠. 개인적으로는 커피 한 잔 가격의 구독료로 매일 아침 인사이트가 담긴 읽을거리를 제공하는 '롱블랙'이나, '폴인' 같은 사이트에서 영감을 얻는 중입니다. 중요한 것은 일회성이 아니라, 루틴이 될 수 있는 곁을 만드는 거예요.

제3의 장소

저는 첫 책 『생각의 기쁨』에서 아무것도 하지 않는 시간 — 無의 시간 — 이 결코 무용하지 않다는 이야기를 한 적이 있습니다. 산짐승들은 상처를 입으면 일단 돌아다니는 것을 멈추고, 자신만의 은신처에 들어가 혀로 다친 부위를 핥으며 상처가 나을 때까지 기다린다고 하죠. 우리도 마찬가지입니다. 계속해서 아이디어를 짜내며 왜 더 이상 아이디어가 나오지 않는가 괴로워할 것이 아니라, 틈틈이 생각의 에너지가 차오를 수 있도록 기다려주는 시간이 필요합니다. 게다가 창조에 필요한 에너지는 우리가 일상생활에 쓰는 에너지와는 결이 조금 달라요. 청소를 하면서 음악을 들을 순 있지만, 음악을 만들 순 없습니다. (영감이 떠오를 순 있죠. 하지만 영감만으론 창조가 이뤄지지 않습니다.) 작가와 음악가들이 작업실을 따로 두는 이유가 있습니다.

하지만 작업실이라니⋯ 평범한 우리에겐 꿈같은 이야기 아니겠어요. 그래서 제가 추천하는 방법이 있으니, '제3의 장소'를 마련해 보는 것입니다. 집도 아니고 학교도 회사도 아닌 장소. 필요할 때 회복이 필요한 산짐승처

럼 숨을 수도 있는 장소. 적어도 내가 좋아하는 것 한 가지
는 ─ 그것이 음악이든, 분위기든, 커피든 ─ 완벽하게 준
비된 장소 말이죠. 그런 장소를 하나 준비해 보세요. 숨을
돌릴 수 있는 은신처이자 나만의 루틴을 실행해 보는 아
지트랄까요. 그곳이 카페든, 또는 어떤 형태의 공간이든
상관없습니다. 그곳이 여러 곳이면 어떠냐고요? 나쁘지
않습니다. 중요한 것은 당신의 본캐가 주로 시간을 보내
는 집, 학교, 회사 이외의 장소에 따로 시간을 내어 들르는
행위를 루틴으로 만드는 일이에요.

■　■　■　■

'내가 뭐라고…'라는 생각에서 벗어나 '만드는 삶'에
대한 호기심이 생겼다면, 어떤 창조의 루틴을 시도할지
고민해 보았다면, 여전히 막연하지만 용기를 내어 의자에
앉았다면, 미리 축하드립니다. 이미 변화는 시작되었어요.
이제 당신이 내놓을 창작물들을 훨씬 좋게 만들 과정들에
대해 이야기해 볼게요. 20여 년 동안 카피라이터와 CD로
일하며 만들어냈던 저의 결과물들이 시시할 수는 있지만,

과정은 누구 못지않게 치열했다고 자부합니다. 이쯤에서 과정 전문가 이야기 한번 들어보실까요? (웃음)

슈퍼 컴펜세이션

슈퍼 컴펜세이션Super Compensation이란 말을 들어보셨나요? 우리말로는 '초과 회복'이라고 번역됩니다. 운동을 좋아하시는 분들은 이미 알고 계신 단어일지도 모르겠습니다. 운동을 하다가 강도와 횟수를 높이면 근육에 부하가 걸리는데 이때 근섬유가 미세하게 손상된다고 해요. 그리고 개인에 따라 다르지만 24~48시간이 지나면 손상된 근섬유 단백질은 재합성됩니다. 이때 우리 몸은 근섬유를 더 크게 만든다고 합니다. 또 이런 일이 벌어지면 견뎌야 하는 것이 몸의 할 일이니까요. 그 과정에서 근육은 자연스럽게 더 커집니다. 근육이 손상되고 회복되는 과정에서 — 적절한 휴식이 주어진다면 — 우리 몸은 운동 전보다 더 좋은 상태로 바뀌는 거죠. 그래서 초과 회복, 슈퍼 컴펜세이션입니다. 어느 날 우연히 신문 기사에서 이 단어를 발견하고는 굉장히 흥미로웠어요. 근육만의 이야기가 아닌 것 같았거든요.

창조의 영역에서도 똑같은 일이 벌어집니다. 할 수 있는 일보다 살짝 더 힘든 일을 해내면, 슈퍼 컴펜세이션이 찾아옵니다. (물론 최소한의 휴식은 필요합니다. 근육이랑 똑같죠.) 과정이 고통스러워도 근육이 커진 뒤론 더 무거운 무게를 들 수 있는 것처럼, 슈퍼 컴펜세이션을 경험한 우리의 두뇌는 예전엔 할 수 없었던 난이도의 일도 해낼 수 있게 됩니다. 이론적으로 그런 게 아니라 실전에서도 그렇습니다. 저만 그런 게 아니라 제 후배들에게도 공통적으로 발견되는 현상이에요.

그러니 창조를 시작했다면, 해낼 만큼의 일에만 도전하지 말고 약간의 무리수 정도는 감수해 보세요. 덤벨의 무게를 올리듯 우리가 할 수 있다고 예상하는 것보다 살짝 버거운 창조에 도전해 보면, 고통도 있겠지만 분명 그 뒤에 슈퍼 컴펜세이션이 찾아옵니다. 탐색 없이 발견이 있을 수 없죠. 내가 할 수 있는 일 밖으로 내디뎌보지 않으면, 내가 어디까지 갈 수 있는 사람인지를 알 길이 없습니다. 누가 그걸 알려줄 리도 없고요. '헤맨 만큼 내 땅'이란 멋진 말은 창조의 능력을 키우는 과정에도 적용됩니다.

워라벨의
스케일

앞서 말씀드린 이야기의 연장선상에서, 워라벨에 대한 이
야기를 해보겠습니다. '워크와 라이프의 밸런스'라는 뜻의
워라벨은 한동안 직장인들 사이에서 가장 강렬한 화두 중
하나였죠. 한 단어가 시대의 화두가 되면, 우리는 어디서
나 그 단어의 영향력 아래 있게 됩니다. 가는 곳마다 '워라
벨'이란 말이 들리니 저 또한 내 워크와 라이프의 밸런스
가 적절한지를 한 번 더 생각해 보게 되었어요. 상대적으
로 야근이 많은 광고업계에서 일하고 있지만, 제 후배들
의 워라벨은 제가 일을 배우던 시절보다 훨씬 잘 지켜지
길 바라고요.

　하지만 이제 우리는 워라벨이란 단어를 천천히 뜯어
볼 필요가 있습니다. 워라벨이란 단어의 힘에 눌려 '워크'
에 온 힘을 쓰는 이들이 시대에 뒤떨어져 보인다 느끼고,

'라이프'를 마음껏 누리는 이들을 필요 이상의 부러운 시선으로 바라보았는지에 대해서도요. 제 선배 세대만 해도 조직을 위해, 워크를 위해 라이프를 포기하는 것이 이상하지 않던 시대를 살았어요. 야만의 시대였죠. (웃음) 워크가 라이프를 압도하는 방식이 대세이다 보니, 많은 이들이 반발심으로 '라이프'가 강조된 삶에 더 큰 박수를 보내게 되었습니다. 사실 저도 그 축이었고요. 운이 좋게도 '라이프'의 중요성을 강조하는 팀장님 밑에서 일하면서, 광고회사지만 불필요한 야근이 없는 팀에서 일하는 스스로의 모습이 뿌듯했습니다.

하지만 워라밸이란 단어는 너무나 강력해서, 그 안에 들어가 숨기에도 좋은 단어입니다. 적당히 일하다가도 내 라이프를 위해서 워크를 내려놓는 모습이 더 쿨해 보이죠. 워크와 라이프의 밸런스를 맞춰야 한다는 대전제에 의하면 지극히 올바른 판단으로 보입니다. 그러던 어느 날 SNS에서 '워라밸의 기본 단위'에 대한 글을 읽었는데요. 좋은 화두를 만나면 머릿속의 지식들이 재배치되면서 순간 멍한 기분이 드는 것처럼, 그날 그 글을 읽고는 한동안 스마트폰 화면에 시선이 머물렀어요.

그 글에선 워라밸을 왜 꼭 하루 단위로, 일주일 단위로 생각하냐고 묻고 있었습니다. 워라밸을 연 단위로 보면, 워크로 바쁜 몇 년 뒤로 라이프가 확보된 몇 년이 올 수 있고, 그렇다면 그 또한 워라밸을 맞추는 것이 아니냐는 주장이었습니다. 듣고 보니 맞는 말이네요. 워라밸의 단위를 바꿔볼 수 있다는 생각은 한 번도 하지 못했어요.

농사에도 때가 있다고 합니다. 업무 능력의 성장에도 분명 알맞은 시기가 있습니다. 저는 여기저기서 '생각의 성장판'이라는 게 있다고 주장하고 다니는데요. 키가 크는 시기에 성장판이 확 열리는 것처럼, 업무 능력의 성장판이 열리는 시기는 분명히 존재합니다. 그때는 — 우리를 식물에 비유하자면 — 최선을 다해서 양분을 빨아먹고 뿌리를 내리는 것이 좋습니다. 봄에 단단히 내린 뿌리가 여름의 장마와 태풍을 견디게 합니다. 종국에는 더 굵은 가지와 단단한 열매를 만들고요. 자라야 할 시기에 잘 자란 창의력은 흥미롭게도 훗날의 '라이프'를 누릴 시간을 확보해 줍니다. 요즘 저는 과거에 비해 훨씬 빨리 일을 쳐내고, 남은 시간을 원하는 방식으로 활용합니다. 그것은 제가 능력을 타고나서가 아니라, 생각의 힘을 키워나가는 초기

단계에 '워크'의 밀도를 높여두었기 때문이라고 생각해요. 이 또한 제 개인적인 경험담이 아니라 잘하는 후배들에게 공통적으로 발견되며, 존경하는 선배님들이 열이면 열 들려주시는 이야기이기도 합니다.

워라밸의 스케일을 길게 보세요. 매일매일, 한 주 한 주의 밸런스만 맞추다 보면 충분히 성장할 수 없습니다. 라이프를 포기하라는 말이 아닙니다. 창의력에도 때가 있고, 워크의 밀도를 높인 시기를 보낸 사람은 훗날 라이프를 위한 시간을 훨씬 수월하게 확보할 수 있다는 이야기입니다. 워크의 밀도가 높은 5년 뒤에 라이프의 밀도가 높은 5년이 찾아온다면, 그 또한 훌륭한 워라밸 아닐까요?

오늘, 일을 잘하고 싶은데 마음처럼 안돼서 분한 마음에 야근을 하고 있나요? 내가 낸 아이디어가 너무 구려서 집에 가서도 잠들지 못하고 책상 앞에 앉아 있나요? 나는 왜 워라밸의 '밸' 근처에도 가지 못하면서, 그렇다고 '워'도 제대로 못하고 있나 자책해 본 적 있나요? 안심하세요. 워라밸의 스케일은 한 가지가 아닙니다. 초반의 워크가 후반의 밸런스로 돌아온다면 그 또한 훌륭한 워라밸이니까요.

그 시간은 사라지지 않아

아비치^{Avicii}라는 뮤지션을 아시나요? 스웨덴 출신의 세계
적인 DJ인데, 2018년 28세의 나이로 갑자기 세상을 떠나
많은 이를 안타깝게 했습니다. 아비치의 노래 중 대중적
으로 큰 사랑을 받은 곡은 〈더 나이츠$^{The\ Nights}$〉라는 노래
예요. 이 곡은 멜로디 라인은 축구 응원가처럼 강렬한데
가사는 예상 밖으로 서정적입니다.

One day, my father, he told me,
어느 날, 내 아버지는 말했지.
"Son, don't let it slip away"
"아들아, 인생을 그저 흘러가게 두지 말거라"
He took me in his arms, I heard him say
그는 두 팔로 나를 안았고, 나는 그의 말을 들었네
"When you get older your wild heart will live for
younger days
"네가 나이 들면 네 거친 심장은
젊은 날을 그리워하며 뛸 거야
Think of me if you're afraid"

두려울 땐 나를 떠올리렴

He said, "One day, you'll leave this world behind

언젠가, 너도 이 세상을 떠나게 된단다

So live a life you will remember"

그러니 기억할 만한 삶을 살아라"

My father told me when I was just a child

내가 아주 어린아이였을 때 아버지는 말했지

"These are the nights that never die"

"그 밤은 사라지지 않아"

그 밤은 사라지지 않아. 'These are the nights that never die'에 대한 제 나름대로의 번역입니다. 뜬금없지만 저는 일하다 이 가사를 곱씹을 때가 있어요. 다 됐다 싶은 PT를 석연치 않은 이유로 졌을 때, 정말 열심히 노력했는데 결과로 이어지지 않았을 때, 허무한 마음을 저 문장으로 달랩니다. 그 밤은 사라지지 않아. 그럼 기분이 좀 나아지죠. 게다가 곰곰이 생각해 보면, 그 밤들은 정말 사라지지 않고 제게 남았어요. 지금부터 그 이야기를 조금 더 자세히 들려드리겠습니다.

투입한 시간이 모두 결과로 이어지지는 않습니다. 온 힘을 다했는데도 과정이 무색하게 빈손으로 끝나는 경우가 있어요. 아니, 사실 이런 때가 더 많습니다. 그럴 때마다 과정은 정말 의미가 없는 걸까 되묻기도 합니다. 되물은 질문에 대한 스스로의 답은 이렇습니다.

1.

온 힘을 다한 과정이 끝나면 반드시 무언가 남습니다. 결과는 바로 내 손에 쥐어지기도 하지만, 때론 아주 천천히 도착하기도 합니다. '지금의 나는 지금까지 내가 보낸 시간들의 결과다'라는 말이 있죠. 그냥 멋있는 말인 줄 알았는데, 사실이었어요. 몇 년 전 이사를 하면서, 제가 신입 사원일 때 쓴 카피들을 모은 파일을 발견하고 절감했습니다. (웃음)

저는 글로 밥을 벌어먹으며 살고 있습니다. 연차가 쌓인 덕분에 광고계에서 포트폴리오를 제법 쌓았죠. 꾸준히 쓰다 보니 동료들에게 가끔 잘 쓴다는 소리도 들었습니다. 으쓱했죠. 세월이 흘러 돌아보면 과거의 힘듦은 잊혀지고 떠올리는 자의 취향에 맞게 힘껏 미화되는 것처럼, 저는 제가 타고난 글쟁이인 줄 알았습니다. 학창 시절에 글쓰는 걸 좋아했고, 또 그걸로 상을 가끔 탔던 일. 카피라이터로 일을 시작해 가끔 선배님들이 글을 칭찬해 주었던 일. 몇 가지 좋았던 기억은 현재의 제 모습을 양분 삼아 자가번식해서, 어느새 저는 제 자신을 처음부터 꽤 잘 썼던 사람으로 인식하고 있었어요.

이사를 간다고 짐을 정리하다 신입사원 때 만들어 두었던 포트폴리오를 발견했습니다. 지금의 나를 만든 시작은 어땠을까. 흐뭇한 표정으로 오래된 까만 플라스틱 표지를 열었죠. 그런데, 아… 가관이더군요. 문장은 멋을 잔뜩 부려놨고, 형용사와 부사가 날아다녔습니다. 그때 굉장히 잘 썼다고 느꼈던 잡지 기사 스타일의 글이 있었는데, 지금 읽어보니 정말로 평범한 문장들 사이로 잘 쓰고 싶은 마음에 집어넣은 무리수들이 섞여 있었어요. 저는 딱히 잘 쓴다고 할 수 없는 매우 평범한 라이터였습니다. 다만 뛰어난 능력이 하나 있었으니, '자기 최면력'이었나 봅니다. (웃음) 잘하고 싶은 마음이 무척 강했고, 나름 잘한다고 믿었어요.

설렁설렁 쓰는 지금의 제 모습을 보는 후배들은 상상하지 못하겠지만, 작은 회사를 그만두고 영국 유학을 하던 시절과, 영국에서 돌아와서 일을 막 배우던 5~6년은 정말 열심히 썼고, 쓰다 쓰다 안되면 새벽에 일어나서도 썼고, 따로 폴더를 만들어 좋은 광고 카피를 모으고 필사했습니다. 제가 이렇게 길게 말씀드리는 이유는 자랑하기 위해서가 아니라, 제 사례가 희망의 증거가 아닐까 해서예요. 그 시간은 사라지지 않습니다. 다만 어떤 결과들은 조금 천천히 찾아와요. '워라밸의 스케일' 때 말씀드렸던 것처럼, 원인과 결과의 단위를 3년, 5년으로 보고 기다려보세요. 당신이 정말로 얻고 싶은 능력일수록 더 그렇게 해보세요.

2.

설령 얻은 것이 없는 것처럼 보여도, 그 시간은 사라지지 않습니다. 그리고 그 시간 자체가 선물이 되기도 합니다.

늦은 봄, 경쟁 프레젠테이션 전날 밤이었어요. 큰 브

랜드의 PT였고, 잘하고 싶은 마음이 컸습니다. 저만 그런 게 아니었는지 팀원들도 정말 열심히 준비했고, 그 생각들이 모여 120장이 넘는 PPT 파일이 만들어졌습니다. PT 전날, 내일 있을 승부를 앞두고 각자의 파트에서 최선을 다해 완성한 결과물이 하나의 파일로 모이는 순간은 감동적이기까지 합니다. PT의 첫 번째 방향은 브랜드가 하고 싶은 말을 편지 형식으로 써내려 간 캠페인이었어요.

제 팀은 시안에 들어가는 배경 음악을 굉장히 중요하게 생각합니다. 그래서 공들여서 노래를 골랐죠. 아빠가 딸에게 편지를 쓰는 시안의 배경 음악은 92914라는 인디 밴드의 〈오키나와Okinawa〉라는 노래를 넣었고, 엄마가 아들에게 보내는 편지에는 라디오헤드Radiohead의 명곡 〈하이 앤 드라이High and Dry〉를 호르헤 드렉슬러Jorge Drexler라는 우루과이 뮤지션이 부른 버전을 넣었습니다.

최종 파일이 완성되고, 팀원들은 동그랗게 컴퓨터 주위로 모이고, 내일 PT를 하게 될 저는 마음을 가다듬고 천천히 장표를 넘기며 리허설을 시작합니다. 미리 파일에 넣어둔 음악이 흘러나오고, 다섯 명의 팀원들이 최선을 다해 만든 페이지가 한 장 한 장 넘어갑니다. 우리 말고는 아무도 남아 있지 않은 새벽 1시의 사무실. 〈오키나와〉라는 노래에서 흘러나오는 파도 소리와 기타 선율. 숨죽이고 앉아 있는 이들이 만들어내는 밀도와, 정확한 말로는 표현할 수 없지만 함께하는 사람들 사이에 흐르는 편안함. 저는 그 순간, 우리가 팀으로 완성되었다는 느낌이 들었어요.

"새벽 1시에 할 말은 아닌데, 지금 이 노래 진짜 너무 좋지 않아?"

'노래 진짜 좋지 않아?'라고 물었지만 제 마음은 '이 순간 너무 좋지 않아?'라고 말하고 있었습니다. 제 마음을 아는지 동료들도 고개를 끄덕였고, 리허설은 잘 마무리되었고, 다음 날 최선을 다해 프레젠테이션했고, 우리 팀은 그 PT에서 졌습니다.

그런데 신기하게도, 그날의 장면은 아직도 제 기억에 선명하게 남아 있어요. 오래전 제 스승이신 박웅현님과 술을 마시다 이런 이야기를 들은 적이 있습니다. (술 마시며

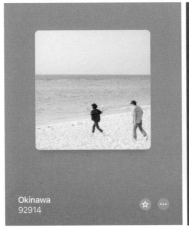
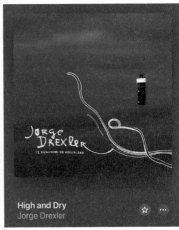

Okinawa
92914

High and Dry
Jorge Drexler

인디밴드 92914의 〈오키나와Okinawa〉.
우루과이 뮤지션 호르헤 드렉슬러의 〈하이 앤 드라이High and Dry〉.

새벽에 들으면 집에 있는 술을 찾아
냉장고를 뒤질 수 있으니 주의하세요.

그림 2

들은 이야기라 정확하지 않을 수 있지만 어차피 그나 저나 정확히 기억하지 못하니 상관없다고 생각합니다.)

"인생 뭐 있어. 살다 보면 보석 같은 순간들을 만나고, 그 기억을 목걸이처럼 꿰어 가지고 있다가 가끔 들여다보고. 그 순간들의 힘으로 사는 거야. 그리고 그런 순간들이 많은 사람이 행복한 거야."

그날의 장면은 제 인생의 보석이 되었습니다. 물론 승부에서는 졌죠. 하지만 패배는 늘 있는 일입니다. 나중에 그날의 동료들을 만나게 되면, 저는 우리가 이겼던 많은 PT보다 그날의 그 장면을 더 이야기하고 싶어요. 인생의 더할 나위 없는 순간에 함께 있었다는 것. 제게는 그 순간이 더 소중합니다. 정말로, 그 밤은 사라지지 않아요. 진심으로 마주했던 일의 과정은 때론 결과보다 더 깊은 흔적을 남깁니다.

한마디의 불꽃,
북극성이 되는 말

한 사람의 중요한 선택에는 반드시 한두 가지의 결정적인 이유가 있습니다. 직업을 고를 때도 마찬가지예요. 이 직업을 궁금하게 만든 작은 경험들이 쌓이다가, 어느 순간 그 궁금증을 향해 발을 딛게 만드는 결정적인 계기를 만나게 됩니다. 제게도 결정적인 계기가 있었으니, 그것은 대학 시절 교양수업 '광고론'의 출석 체크 시간이었어요.

돌아보면 저는 어릴 적부터 광고를 매우 좋아했습니다. 지금도 8~90년대의 CM송을 꽤 많이, 그리고 정확하게 외우고 있어요. 가끔 유튜브에 그 시절 광고를 모은 콘텐츠가 뜨는데, 제가 그 당시의 CM송을 너무나 정확하게 기억하고 있어 깜짝 놀라곤 합니다. 하지만 그게 특별하다는 생각은 하지 못했어요. 공중파의 영향력이 어머어마하던 시절엔 광고의 힘도 더 강력했거든요. 다들 비엔나소시지 광고나 수박맛바 광고 CM송은 당연히 외우는 게 아닐까 생각했습니다. (알고 보니 모두가 그렇지는 않더군요.)

그리고 살면서 카피라이터라는 일이 나와 잘 맞을 것 같다는 생각을 하게 됩니다. 대학생 때 나는 어떤 사람인가를 고민하다가, 나라는 사람이 가장 큰 기쁨을 느낄 때는 글을 쓸 때와, 고민해서 내놓은 생각의 결과물에 사람들이 반응할 때라는 사실을 알게 되었어요. 그런데 글과 생각의 결합이 바로 카피잖아요? 하지만 문제는 주위에 광고 일을 하는 사람이 단 한 명도 없다는 사실이었어요. 광고는, 궁금하지만 막연한 꿈이었죠.

그러다 '광고론' 수업을 듣게 됩니다. 학기 중반에 실제로 큰 광고대행사에서 기획자로 일하는 높으신 분이 특강을 하러 오셨어요. 교수님이 출석 체크하는 모습을 가만히 보시던 그분은 ─ 지금도 왜 그러셨는지 잘 기억이 나지 않는데 ─ 제 소속 학과를 보시고는 이렇게 말씀하셨어요.

"인류학과? 광고하기 좋은 과네요."

그리고 수업은 이어졌습니다. 문화를 분석하고 이해하는 학문이니 광고에 유리하겠다. 어색한 공기를 깨기 위해 던진 덕담 같은 거라 생각합니다. 하지만 무심한 한 마디에 제 안에서 작은 불꽃이 튀었어요. 어, 나 광고 해도 괜찮구나. 나 진짜로 한번 해볼까?

우리 모두에게는 확신하고 나아가게 만들 계기가 필요합니다. 그리고 많은 경우, 그 계기는 말 한마디일 때가 많습니다. 정답이 사라진 시대잖아요. 과거에서 답을 찾기가 점점 힘들어지는 우리는 미래를 예측하지 못한 채 전보다 더 우왕좌왕할 수밖에 없는 현재를 보내고 있습니다. 이때 필요한 것은 우리가 흔들려도 흔들리지 않는 방향성이죠. 저는 그 힘을 가진 것이 말이라고 생각해요. 제가 믿고 의지할 수 있는 이의 말. 그 말 몇 개를 북극성처럼 띄워놓고, 그것에 의지하여 인생이라는 변동성이 강한 항로를 항해하는 거죠.

카피라이터 일을 시작한 뒤로는 제가 정말 잘 쓸 수 있는 사람인지 시시때때로 의심하게 되었습니다. 직장인이면 누구나 형태는 다르지만 비슷한 고통을 겪게 되죠. 이때 눈을 질끈 감고 계속해서 문장을 쓸 수 있게 해준 건 존경하는 선배가 제가 카피 2년 차 때 어느 책 표지에 써준 칭찬 한마디였어요. 그 말이 제겐 북극성이었습니다. '오늘 내가 회의실에서 내민 카피는 구리지만, 나 이래 봬도 그 선배가 이런 칭찬 해준 사람이야. 내 안에 분명히 남아 있을 거야, 칭찬받았던 그 능력. 언젠가 진짜로 증명할 거야. 그 말이 그분의 오해가 아니었음을.' 이런 자기최면을 걸 수 있었던 것도 그 한마디 때문이었어요. 저를 불태운 한마디의 불꽃이었습니다.

여러분이 누군가에게 영향력을 미칠 수 있는 아주 작은 기회라도 생기면, 그 힘을 활용해 보세요. 당신이 아무렇지 않게 던진 말이 누군가의 북극성이 될 수 있습니다. '에이, 과장이 지나치시네'라고 생각하시나요? 출석 체크하다 들은 한마디가 이십몇 년 차 광고인을 만들고, 책 표지에 적힌 한 줄이 네 권의 책을 쓴 출발점이 되었답니다. 멀리서 예를 찾을 필요도 없이, 여러분 자신을 들여다보세요. 여러분을 완전 연소시킨 한마디를 떠올려보세요. 그것이 그렇게 대단하던가요? 어이없을 만큼 단순하지 않던가요?

불꽃이 될지 모를 한마디를 건네는 것을 주저하지 마세요. 놀랍게도 그런 습관은 인생의 해상도를 높입니다.

'자기의 것을 내미는 이에게 사람이 모인다.' 이것은 인생의 많은 선배들이, 무수한 책들이 반복해서 이야기하는 명제입니다. 영감을 주고, 선한 영향력을 건네는 사람 주위엔 자연스럽게 영감의 씨앗을 가지고 있는 이들이 모이게 마련입니다. 좋은 사람 곁에 더 좋은 사람이 다가오고, 자연스럽게 나의 세계는 확장됩니다. 다가온 이들은 내 덕분에, 그리고 나는 그들 덕분에 볼 수 있는 것, 느낄 수 있는 영역이 늘어나요. 생각만으로도 흐뭇해지는 선순환 아닌가요. 다만 내가 지불해야 할 것은, 건네는 말 한마디입니다. 고민할 필요가 없는 거래군요.

■ ■ ■ ■

벌꿀 구간

"모든 인생은 고통이다." 쇼펜하우어^{Arthur Schopenhauer}의 말입니다. 맞습니다. 우리 모두에게는 각자의 욕망이 있고, 그것을 쟁취하기 위해서는 경쟁을 피할 수 없고, 그러니 본능이 원치 않는 일들을 해내야 합니다. 태생적으로 우리의 인생은 고통스러울 수밖에 없습니다. 인생은 고통이 기본값입니다. 오히려 행복이 특별한 이벤트인 거죠. 누구나 일어나기 싫은 마음으로 일어나 나를 위해 또는 가족을 위해 밥벌이를 하죠. 하기 싫은 공부를 하고 견디기 힘든 테스트를 견딥니다. 어떻게 매일이 축제겠어요. 매일이 축제인 인생은 SNS 속에만 존재합니다. 우연히 이런 글을 읽었어요. 우리들의 인생은 무편집 다큐멘터리인데, SNS 속의 인생들은 하이라이트 편집된 영화 예고편들이라고요. 놀라운 비유이지 않나요? (웃음) 불행하게도 오늘을 사는 우리들은 하이라이트 편집된 남들의 화려한 인생을 그 어느 시대의 인간들보다 많이 접하고 있어요. 그 말은, 그 어느 시대보다 빈번하게 ― 예전엔 겪지 않아도 되었던 ― 스트레스를 견뎌야 한다는 뜻이죠.

인생은 고통이 기본값입니다. 틈만 나면 눈에 띄는 SNS와 미디어 속 장면들이 우리의 판단을 흐리게 하지만, 그 어떤 대단한 사람들도 각자의 고통을 견디며 살고 있습니다. 매일이 축제인 사람은 단 한 명도 없어요. 우리가 할 일은, 왜 다들 행복해 보이는데 나는 대체로 고통스러운가 괴로워할 게 아니라, 누구에게나 기본값인 고통 속에서 가끔씩 찾아오는 행복에 감사하며 그 행복을 힘껏 음미하는 겁니다. 행복함을 기본이라 생각하면, 조금만 불행해도 그것을 견딜 수 없게 됩니다.

고통이 디폴트인 인생을 견디기 위해, 그 과정 속에서 가끔씩 등장하는 인생의 보석들을 맑은 눈으로 발견하기 위해, 그리고 그것을 천천히 깊이 음미하기 위해, 우리에게 필요한 것은 무엇일까요? 저는 우리 모두의 평소에는 반드시 '벚꽃 구간'이 필요하다고 생각합니다.

'벚꽃 구간'이라는 말, 들어보셨나요? 아마 못 들어보셨을 겁니다. 제가 만든 말이거든요. (웃음) 1년이란 시간을 빠르게 돌려서 60초 프레임 안에 집어넣는다고 생각해 보세요. 365일이 60초에 들어가는 거니 6일이 1초 정도로 줄어들겠군요. 그럼 2초에서 3초, 잠깐 세상이 환하게 밝아지는 구간이 존재합니다. 봄, 벚꽃이 피었다 지는 구간이죠. 지금부터가 진짜 봄이라는 것을 알리려고 자연이 스위치를 켜듯, 남쪽에서부터 차례로 연분홍 빛이 올라옵니다. 이 구간에 들어서면 사람들의 표정부터 달라지는 걸 느껴요. 화제는 온통 벚꽃입니다. 오늘 아침에 벚꽃

봤어? 하룻밤 사이에 엄청 피었어. 이번 주말이 피크래요. 아, 올해는 누구랑 보러가나. 어쩌죠? 월요일부터 비온다는데. 큰일 났네. 아까부터 바람이 세게 분다…. 누가 그러더라고요. 벚꽃의 절정은 필 때가 아니라 떨어지며 흩날릴 때라고요.

벚꽃 구간, 달뜬 표정을 짓는 사람들은 사랑스럽습니다. 그즈음 누가 공기에 뭐라도 섞은 듯 일렁이는 밤공기와, 어디 숨어 있다 나타났는지 모를 작은 솜사탕 노점과 다시 볼 확률이 낮음에도 연신 눌러대는 스마트폰 카메라와 사람들의 폰 배경화면과 SNS 게시물이 온통 벚꽃으로 바뀌는 순간은 모두 사랑스럽습니다. 세상이 환해져서 잠시 어둠이 사라진 것처럼 느껴져요.

우리 인생에도 벚꽃 구간이 필요합니다. 아주 작은 틈으로 들어온 빛이 어둠을 밀쳐내듯, 그런 순간순간의 힘에 기대어 우리는 견뎌야 할 것을 더 잘 견뎌낼 수 있습니다. 벚꽃 구간은 길이도, 형태도 다양하게 존재합니다. 1년을 준비해서 떠나는 휴가. 완벽한 벚꽃 구간이죠. 사랑하는 친구와의 맛집 탐방. 생각만 해도 행복하네요. 정기적으로 비워놓은 창조를 위한 시간이나, 생각이 차오르길 기다리며 나만의 동굴에 들러 보내는 無의 시간도 일종의 벚꽃 구간입니다. 그리고 좀 더 미시적으로 보면, 저는 우리가 살면서 가끔 만나는 해상도 높은 순간도 ─ 그 물리적인 길이와 상관없이 ─ 훌륭한 벚꽃 구간이라고 생각합니다.

작년 9월의 어느 날이었습니다. 9월엔 이 정도로 바쁘진 않는데, 그날은 이렇게까지 바빠도 되나 싶을 정도로 바빴어요. 정말 잘하고 싶은 일과, 온갖 스트레스의 씨앗을 품은 일들이 마구 뒤섞였습니다. 카톡 아이콘에 빨간 숫자가 올라가는데, 엄두가 나지 않아 열어보기 힘들 정도였습니다. 그러다 저는 무슨 생각으로 그리 했는지 모르겠지만 음악을 한 곡 듣기로 합니다. 그냥 이 흐름을 깨야 할 것만 같았어요.

〈리베르 탱고Libertango〉라는 곡이었습니다. 남미의 탱고 거장 피아졸라Astor Piazzolla가 작곡한 〈리베르 탱고〉를 유러피안 재즈 트리오European Jazz Trio라는 밴드가 재즈 스타일로 연주한 곡이었어요. 눈을 감고 아무 생각 없이 음을 따라가며 들었습니다. 원곡을 끌고가는 게 반도네온이라는 — 아코디언을 닮은 — 악기와 첼로라면, 제가 들은 버전의 주인공은 피아노입니다. 콘트라베이스가 성실하고도 꾸준하게 리듬을 찍어내고요. 피아졸라의 원곡보다 훨씬 나긋나긋합니다. 음악에 몸을 맡긴다는 표현이 있죠. 그날의 제가 딱 그랬습니다. 4분 정도 아무 일 없이 악기 소리에만 집중해 보는데, 이상한 감정이 들었어요. 아… 적어도 오늘 하루에서 이 구간만큼은 고통스럽지 않구나. 심지어 아름답기까지 하구나. 남은 하루도 진창이겠지만, 그래도 또 이런 순간들이 있겠지. 그래 이 순간만 건너가자. 이 순간만 건너가자. 그리고 조금 차분해진 상태로, 갑자기 찾아온 어둠에 주눅 들지 않고, 그날 하루를 무사히 건너갈 수 있었어요.

어찌 매 순간 행복할 수 있을까요. 인생의 무게에 주눅 들지 말고, 참았다 마시는 커피처럼, 가끔 볕 좋은 곳에 의자 하나 내놓는 것처럼, 의도적으로 행복의 구간을 설정해 보세요. 벚꽃 구간. 그 빛으로 쉽지 않은 시대를 건너고, 덕분에 맑아진 눈으로 가끔씩 찾아오는 해상도 높은 순간들을 포착하고, 더 깊숙이 음미하길 바랍니다. 남과 나를 비교하며 왜 나는 매일이 축제가 아닐까 실망하

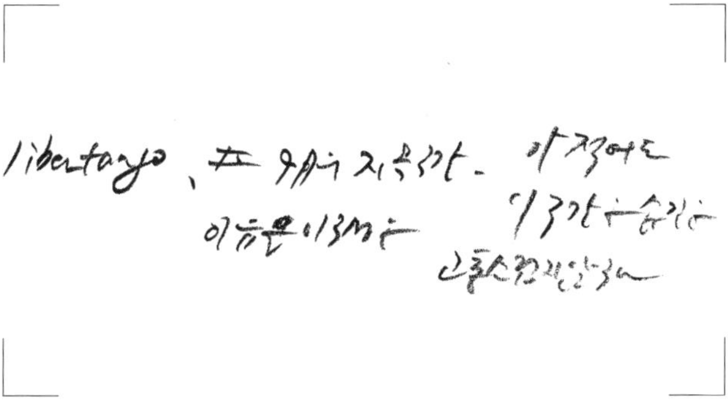

2023년 9월의 해상도 높은 순간 _ 4분의 벚꽃 구간.
빠르게 적은 메모라 글씨가 엉망이지만, 그날의 생생한 감정을 담고 있습니다.

그림 3

지 않고, 단정한 쌀밥과 된장국 사이에 가끔 특별한 음식
들이 놓이는 식탁처럼, 꾸준히 행복한 하루를 맞이하시길
바랍니다.

나의 아름다운 픽셀들에게 에필로그

작년 겨울, 경쟁 프레젠테이션이 끝난 다음 날 아침.
비로소 버스 밖 풍경들이 보이기 시작합니다. 신기했습니
다. 어제까지만 해도 그저 A 지점에서 B 지점으로 가는 용
도의 출근길이었는데, 오늘은 점을 찍고 나타난 드라마
주인공처럼 완전히 다르게 보이네요.

어느새 선선해진 초겨울의 공기.
살짝 웅크린 느낌의 도시.
그러고 보니 전보다 빠른 걸음으로 걷는 사람들.
어느새 절반이나 떨어져버린 나뭇잎.
그러고 보니 살짝 달라진, 낙엽이 떨어지는 속도를
사람이 따라가지 못하는 계절의 냄새.

고개를 돌려 버스 안을 들여다보니, 뒷문 근처에 '버스 운
전 자격 증명'이 붙어 있어요. 증명서 속 남자는 뿔테 안경
을 낀 앳된 모습입니다. 발행 일자를 보니 12년 전이군요.
얼핏 본 운전석의 기사님과, 앳된 뿔테의 기사님 사이에
있었을 세월을 생각해 봅니다.

제가 타던 버스가 달라졌을까요. 버스 밖 풍경이 달라진
걸까요. 보는 내가 달라진 것 뿐입니다.

『코스모스』의 저자 칼 세이건$^{Carl\ Sagan}$은 말합니다. 우리는 결코 우주라는 드라마의 주인공이 아니라고요. 맞는 말이죠. 우주의 시간에서 우리는 잠깐 반짝이고 사라지는 불빛 같은 존재입니다. 잠깐이란 말이 민망할 정도로 명멸하는 점일 뿐입니다. 그러니 우리는 우리에게 주어진 이 짧은 시간을 마음껏 음미해야 해요. 반짝이다 사라질 점에게, 내일로 미룰 시간이 어디 있나요? 최선을 다해 우리는 눈앞에 놓인 세상을 즐겨야 해요. 요즘 내내 드는 생각입니다.

아이가 자라는 모습.

제때 마시는 커피 한 모금.

아무렇지 않은 동료들과의 점심.

가끔씩 찾아오는 짧은 성취.

다른 도시의 음식과 냄새.

차창 밖으로 손 흔드는 아이.

볼륨을 투둑 올리게 만드는 음악.

다시 오지 않을 것이 분명한 순간들.

살면서 만난 무수한 아름다움에 감사의 마음을 전합니다.

제때 나타나 배움을 주고 떠난 존재들, 지인들, 스승들.

그들이 심어준 한마디의 불꽃들에 경외의 마음을 전합니다.

곁에서 끝없는 영감을 주는 아내와 아이에게

사랑의 마음을 전합니다.

여름의 초입에서 시작해 이듬해 여름에 글을 마무리하며,

계절의 변화를 함께 지켜봐 준 카페의 나무 책상들과

창밖 풍경에도 감사의 마음을 전합니다.

인생의 해상도

1판 1쇄 발행 2024년 11월 13일
1판 2쇄 발행 2024년 11월 29일

지은이 유병욱

발행인 양원석 **편집장** 차선화 **책임편집** 이슬기
디자인 조윤주, 김미선 **영업마케팅** 윤송, 김지현, 이현주, 백승원

펴낸 곳 ㈜알에이치코리아
주소 서울시 금천구 가산디지털2로 53, 20층 (가산동, 한라시그마밸리)
편집문의 02-6443-8861   **도서문의** 02-6443-8800
홈페이지 http://rhk.co.kr
등록 2004년 1월 15일 제2-3726호

ISBN 978-89-255-7428-8 (03810)